大鱼

有爱的青春陪伴者

I like you

莫离 MOLI 著

好看的小酒窝

Dimples

花山文艺出版社
河北·石家庄

图书在版编目（CIP）数据

好看的小酒窝 / 莫离著. -- 石家庄 : 花山文艺出版社，2021.9
ISBN 978-7-5511-5957-9

Ⅰ. ①好… Ⅱ. ①莫… Ⅲ. ①长篇小说－中国－当代 Ⅳ. ①I247.5

中国版本图书馆CIP数据核字(2021)第128181号

书　　名：好看的小酒窝
HAOKAN DE XIAO JIUWO
著　　者：莫　离

统筹策划：张采鑫
特约编辑：周丽萍
责任编辑：于怀新
美术编辑：胡彤亮
责任校对：张凤奇
装帧设计：孙欣瑞　西　楼
封面绘制：天空安静
出版发行：花山文艺出版社（邮政编码：050061）
（河北省石家庄市友谊北大街330号）
销售热线：0311-88643221/29/35/26
传　　真：0311-88643225
印　　刷：长沙鸿发印务实业有限公司
经　　销：新华书店
开　　本：880×1230　　1/32
印　　张：9
字　　数：200千字
版　　次：2021年9月第1版
2021年9月第1次印刷
书　　号：ISBN 978-7-5511-5957-9
定　　价：39.80元

目　录

CONTENTS

目 录

C O N T E N T S

目 录

C O N T E N T S

第一章

问题少年与象牙塔公主

小豌豆：知道你和星星有什么区别吗？

星星碎：什么区别？

小豌豆：星星在天上，你在我心里。

（1）

电视台《恋恋不舍》真人恋爱节目摄影棚，人物专访就快要开始了，时深站在一旁，准备入座。化妆师按捺不住激动的心情，硬是上前又给时深补了一下高光。

主持人面对机位，点头示意可以开机，随即微笑着对时深说道："咱们就轻松一点儿，聊天的那种形式就可以了。"

"好。"

"时先生您是做什么的？"

"风投。"

"您太太呢？"

"文艺团的舞蹈演员。"

"叫什么名字？"

"钟浅。"

"你们是什么时候认识的？"

"嗯……严格来说，很小的时候。"

"那第一次见她时的场景您还记得吗？"

"当然。"

随即沉默。

主持人轻笑，抬手示意："那个时先生，您随意，多说一点儿。我就是给您一个引导，您多说一点儿，我们后期才好剪辑。"

“好。”时深点头，顿了顿，继而说道，“我小时候眼睛跟别人不太一样，看起来像个……怪物……有些小朋友还会因此欺负我，渐渐地，我就不太跟大家玩。可是我太太没有，在她的心里，一直认为我眼中落的是星星碎片。”

说到此处，时深抿唇，放低声音：“曾经，我躺在手术台上的时候心里特别害怕，当时以为再也看不见这个世界了。但是，我只要一想起她，想起我即将要见她，我就必须要看见。”

“听起来您和您太太之间有一段故事呢。您是否能说些关键词形容下你俩，比如代表性标签之类的，方便大家了解。”

时深想了想，咧嘴一笑，如沐春风的酒窝清晰可见，甚是好看，就连镜头后的摄影师都忍不住心脏一颤。

“我太太有个小名叫豌豆，她善良、傲娇，就像是——象牙塔里的公主。”

主持人也跟着笑，想着他的个性标签。

时深说：“我，是问题少年。”

主持人露出诧异的神情，有些不相信。

时深微微垂眸。

“我很坏，以前念书的时候可没少欺负她。当时我们有一些误会，我喜欢她，以为她不喜欢我，现在想想，一切恍如就在昨日……”

（2）

钟浅保持着微笑，精致的脸上那双眼睛尤其漂亮。老同学赵木子和北齐嘉就在采访室外头，齐齐对她竖起了大拇指，时深和钟浅两人的爱情之路，他俩可算是金牌见证人。

此时主持人说道：“我突然发现你们两人的名字很相配，钟浅，时深。”

“谢谢。”

“你们是高中同学，还在同一座城市念的大学，其间一直在一起吗？”主持人的意思是恋爱的保持期限。

钟浅一本正经地补充：“我们是成年才确定的恋爱关系，中间也闹过分手。”主持人点点头，她又不好意思地笑了笑说，“也不能算分手，就是有些小矛盾。”

“您是从小就跳舞的吗？”

“对，四岁的时候开始的，一直到现在，小时候爸爸比较注重艺能的发展。”

“既然说到爸爸，有个问题不知道是否方便问您？”

“请说。”

“听说您父亲两次生意破产，最后一次还很严重，当时对您和时先生有什么影响吗？”

“有的。”钟浅点头，有些无奈地说，“很大影响。我先生家境不错，但是那个时候就是因为他家境不错，个人条件也很好，我才觉得我们存在些差距。当时一心想替爸爸偿还债务，我接了很多演出，还做了演员模特，后来遇到一些不好的事情，我很沮丧，眼前一片迷茫。”

“既然您先生家境那么好，不更应该帮助您吗？”

“可能是我心气太高吧，我可以接受所有人的帮助，唯独他不行，更多的时候还会觉得自己在拖累他。”

主持人静静地听着，钟浅又说：“但是他，从未放弃过我。我曾开玩笑问过他，是不是因为那时我帮过他，就对我一直心存感激，长大后要来报恩了？”

“您知道他的眼睛后来做手术吧？”

“我知道，是在初三暑假的时候。”

“当时他的视力还可以，病症也没有到成熟期，但是他坚持要做手术，知道为什么吗？”

钟浅微愣：“这个我不知道。”

“是他在中考的现场，看到了您，只是一眼，就认出来了。”

钟浅万分惊讶：“真……真的吗？他从来没说过。”

主持人点点头。

“他还说，躺在手术台上的时候就一直告诉自己，要用最好看的眼睛，去见您。”

钟浅鼻子一酸，眼睛有些红。没几秒，她低头挡住双眼，有些哽咽：“对不起……”

主持人见钟浅情绪突然激动，想着要不要暂停采访。钟浅深吸口气，抬起头来，侧脸擦擦泪渍：“按我先生的性子，估计还做了很多我不知道的事情吧，我很感动。所以，有些时候我就在想，这小半生我过得十分幸运且幸福，除了我爸爸的守护，也就是他了。我从小就知道，这个世界上但凡我想要的都能得到，直到遇到他，我才怕了，原来有些人、有些感情注定会成为你的软肋。”

“在这里有没有什么话想跟他说？”

“有，很多，最想说的是……”钟浅想了下，面对镜头，继续道，“有一次做梦，我回到我们正式重逢的那一次，我们重遇的首次对话，不知道你还记不记得？那个场景里你说我踩到你鞋带了，我重新回答了。”

“我说，我知道，因为我一直在等你。”

（3）

他们都说：你未看此花时，此花与汝同归于寂；你来看此花时，则此花颜色一时明朗起来。可是，有些情谊太深太重，所以，我们假装凉薄，却比谁都要执着。

冗冗一生，寥寥钟情。

第二章 这一届的同学不好处

小豌豆：我喜欢做算术，看这个，九和三。

星星碎：嗯，怎么算？

小豌豆：我是九你是三，除了你还是你。

（1）

小豌豆担心新生报名人多拥挤，特地早来了半小时，没想到好多同学都提前来了。她站在十字街口等红灯，远远就瞧见学校门口簇拥的人头，感觉今年致远高中招生人数比报纸上说的还要多。

她前面站着一个留着短发，看起来也是个学生模样的女生，这位同学耐不住性子等绿灯亮，抓着书包拔腿就跑了过去。女生跑前还在拉着拉链，没留意一个文件袋从包里掉了出来。

“同学你的东西……”小豌豆的声音被鸣笛声盖过，丢了东西的同学早已跑得老远。

与小豌豆一同看见那女生掉落东西的还有一人，他穿着白衬衫，戴着耳机，头上的棒球帽拉得很低。男生的脸庞看不清，只觉得下颌消瘦，就如同刀裁一般利索，却又有一丝难以言喻的温柔感。

不知为何，小豌豆忍不住多看了两眼，随即发现他目光在文件袋上停留。

他是也想……捡起来？

男生往前走两步，再低头，看来是要捡了。

可下一秒，小豌豆看着他迈开腿，将那东西一脚踢飞，此时信号灯跳跃，他昂首离去。

小豌豆直接愣了，这人真是奇葩……

趁着周边的机动车都停下，她小跑到那袋子跟前，赶忙弯腰将散落一地的东西捡起来，再把上面的灰掸干净。等她要过马路的时候，红灯又亮了。没办法，她只能折回原处。

小豌豆打开袋子，里头装的文件跟自己一样，都是报名的资料。

她抽出一页，上头的照片是个短发女孩，旁侧写着名字：赵木子。

（2）

因为小豌豆的物归原主，乐于助人，赵木子把她喜欢得不行，加上两人都分到了高一（2）班，更觉得是天赐的缘分。小豌豆还有个叫北齐嘉的朋友，也分到了同班，性格爽朗又聒噪，跟赵木子见面就掐，从军训至今，小豌豆的耳朵都不得闲。

难得轻松的下午，小豌豆特地躲开两人，一个人待着。

周边扎堆站着同学，都在闲聊，小豌豆正要远离些，突见眼前飞来横物，出于本能，她直接翻了个跟头躲过。

前方的肇事者还做着扔东西的动作，小豌豆站稳的同时，那瓶还剩了点的矿泉水稳稳投入身后垃圾桶中。

两人均是一愣。

小豌豆知道这人，他叫时深。

少年澄亮的眸子带着锐气，抬头的瞬间墨眉微微扬起，他只是抿了抿唇，好看的酒窝就显现出来，那酒窝醉人，似世间的喜怒都在其中。

他是自己的同班同学，更是一脚踢飞赵木子报名文件的人。即使当时没有看清他的脸，小豌豆也知道，就是他。

目睹该场景的同学们不知该为时深的神投手称赞，还是为小豌豆隐藏的“绝世武功”而惊叹，只管嘴巴张成圆形，久久没合拢，有人还吹了两声响亮的口哨。

时深丝毫没有要道歉的意思，转身就走了。

他连多余的眼神都不给她，看似无感又排斥。

小豌豆看着那道背影，捏着衣角的手紧了紧。

（3）

小豌豆与时深的第一次对话，是在教官挑人到前面练习行进间转法，喊第二排左边第四个（时深）上前，人没动时。

教官又喊：“第二排第四个！”

还没动静。

小豌豆就站在第二排，她心中再次默数，确认自己是第五个。那这第四个还不动弹，小豌豆忍不住转头看他，发现时深正直勾勾地看着自己。

时深面无表情，只是那双眸子有点深意。

他问：“同学，你要把我的鞋带踩到什么时候？”

小豌豆低头一看，不知何时自己将人家的鞋带踩了大半。

身边传来笑意，就连教官都忍不住咧嘴，一般女孩子这种情况下多数会害羞，抑或红着脸说声不好意思，可是她没有。

小豌豆波澜不惊，小巧的鼻翼还冒着汗珠，耳郭捋上去的发丝又掉了下来，她拂了拂，轻声道：“明明是你的鞋带封印了我的脚。”

时深听闻这话扯起嘴角，酒窝再次吸引了小豌豆的目光，她没有回避，反而恍若无人地直视他。就像是故意一般，两人比赛似的，看谁先收回眼神。

只不过三秒，却像是过了好久。时深别过头去，说了声好。

这声好，不知是在回她之前的话，还是针对这场比眼神大赛输了记仇，放了个“你等着的”意思，小豌豆也不想在此事上做思想停留，毕竟太无聊了。

不知自己为什么要做这么无聊的事情。

小豌豆在时深转身的那一刻，垂下思绪万千的眼眸。

（4）

小豌豆与时深的无形硝烟还没弥漫，身旁就有人先“叛变”了。那个整天口中嚷着豆子长豆子短的北齐嘉跟时深熟络起来，就是一场篮球赛的时间。

北齐嘉一上球场就把上衣脱掉，在空中挥呀挥，突然往远处抛过去：“豆子，接圣旨！”

衣服落在小豌豆跟前，她就看了下，不管。北齐嘉讪笑着跑上前去再拿起来穿上。

篮球架下，时深扔给北齐嘉一瓶水，两人并肩坐在一起喝。

北齐嘉找话题：“你哪个学校考过来的？”

“二中。”

“哇，重点学校啊，你怎么没有直升啊？”

“不是致远更厉害吗？”时深问。

“那当然，我跟我家豆子就是在致远念的初中，这里人面兽心，啊，不是，人杰地灵，你放眼望去，都是清一色的学霸。”北齐嘉大拇指一歪，一脸荣耀，“豆子，就踩你鞋带的那个，大名钟浅，学霸中的霸天虎，我们青梅竹马，哥们儿以后多照顾下啊。”

“哦？”时深眼中满满的笑意，望着他，“青梅竹马？”

“当然，我们两家是世交，她不仅漂亮学习好，心还特别善，一直是班长呢。”说到话题重点，北齐嘉强调，“回头咱们班要是选班长，你可要支持她。”

时深起身，捞起篮球就飞奔，撂下一句：“看心情。”

“嘿！”北齐嘉贼眉鼠眼地扑上去，“有个性，我喜欢啊。”

就是这样，男孩子玩起来就没女孩子什么事了，北齐嘉整天跟时深黏在一起，短暂脱离了小豌豆、赵木子的组织。

按他的话来说：“兄弟情，大于天。”

（5）

北齐嘉在练习站军姿的时候还偷偷练习鬼步舞，时深就看了他一眼笑了下，两人就都被教官给叫到前面去站军姿了。

没多久，两个女孩也陆续加入此行列。

小豌豆突然来“亲戚”了，赵木子陪她在厕所折腾了一会儿，回来就碰到北齐嘉他们被罚。教官冲她们挥挥手，再指指北齐嘉，意思是滚到一处站。

于是，时深与小豌豆一行人外加两个看戏不要钱的男同学，一共六个人，跟大部队脱离开去前面站军姿，同学们到了休息时间他们还在站，因为教官拿了一个硕大的沙漏摆在台子上。

教官说：“沙子什么时候流完了，你们什么时候休息。”

有个同学凑到沙漏旁观察一番，摸摸下巴：“亲们，保守估计，流完最起码要一两个小时。”

“那你给看下能不能快些流？”小豌豆问。

“好嘞。”该同学手贱，拿起来摇晃的时候又给倒过去，沙子往回流了，吓得他赶紧放下，“恕我爱莫能助，告辞。”

赵木子看小豌豆猛出汗，问了句：“要不你去跟教官说一下吧，让你休息休息。”

小豌豆确实想休息，她四周看了下，没寻到教官的身影：“等教官来吧。”

北齐嘉后知后觉，探头问小豌豆：“怎么了？”

“没事。”

“这得漏到什么时候，都半个多钟头了。”北齐嘉刚嘟囔完，就看到身旁的时深离开位置，“哎，你干什么去？”

时深没说话，直接往前走，利索地单手翻上摆沙漏的高台。他在上面转了转，看到了卡在砖缝中的木棍，那是教官平时拿在手上示威用的。

所有人都看着他，好奇他要做什么。

时深掂了几下棍子，径直走到沙漏跟前，想也没想一棍挥下。

台上发出清脆的声响，沙漏爆了，碎了一地的玻璃碴子。

女生们显然都被眼前的情形给震慑住了。

北齐嘉先是惊讶，然后缓慢举起那根无所不在的大拇指：“兄弟，这操作可以啊……”

小豌豆与时深的视线，就在那熠熠的光芒之上再次交接。应该是有那么几秒，脑海中闪过些吉光片羽，但很快也就消失殆尽了。

时深收回目光，将那棍子扔掉，长腿一迈，跳下高台。任凭那些同学吹口哨高呼，抑或有人边跑边嘶喊“教官教官你快来啊，你的沙漏被人盘啦”，他都面无表情，好似事不关已。

这个人行为不规范，小豌豆心想。

她不太喜欢。

（6）

事后所有人都想看教官怎么整时深。

时深先是绕操场跑了二十圈，俯卧撑、深蹲、站军姿轮番来几遍，北齐嘉一开始还在旁边哼哧哼哧陪着，嘴里念叨：“老子最重义气了，你既然为了兄弟挥棍，我也要为你两肋插刀……”刚说完，“咚”的一声，摔进草坪里——

气一下子没上来，热晕过去了。

小豌豆站得离人群较远，但还是可以清晰地瞧见那番场景，时深满头大汗，他军训的帽子也不知道去哪儿了，汗水浸湿了他的头发，在那炎日之下折射出耀眼的光。

对于他的一举一动，有人尖叫，有人说好样的，还有人拍手称快，那么多人当中，唯独没有小豌豆。她站得累了，捂着小腹缓缓坐在一旁，再没有看他。

军训的教官很年轻，他拎着棍子歪头看时深，问了一句：“错了没？”

时深咬牙做着俯卧撑，默不吭声，汗水顺着好看的侧脸滑落，像是他最后的倔强。

教官轻笑，点点头：“像我刚当兵的时候啊，嘴硬。行，你没错，那我让刚才和你一起罚站的那些同学都过来陪你。”

“我错了……”时深突然开口，撑着颤抖的手臂，抬起头，一字一句道，“我错了。”

教官很满意地点点头：“错了好，既然错了就给你一个机会弥补。”教官挠挠鬓角，正中下怀，“咱们的军训会演，你就带大家走方阵吧。”

（7）

其实教官早就看好时深这个小伙子了，又高又帅还有点闷骚，让他带头做一些事情肯定有些号召力。

事实证明，他的决定是对的，在选取另一名女生作为协助的时候，几乎班里的所有女生都举手自荐。

北齐嘉夹在一群女生里头举手，脸都被她们打得生疼。

“教官教官，选钟浅，选钟浅，她是舞蹈生呢！跳古典舞的！”

教官看北齐嘉那么卖力，硬是在一帮女生当中挤出天地，他只好问了一句：“谁叫钟浅？”

钟浅无奈地举起手来，惹得一些女生翻了白眼。倒是男生们兴奋了，纷纷交头接耳，窃窃私语。时深不用侧耳都能听见他们在议论。

“原来她是舞蹈生啊，怪不得那么漂亮。”

“早叫你去打招呼你不去，白给你机会了。”

“有本事你去，你敢打招呼我头摘下给你坐！”

当时大家围了个大圈坐在草坪上商议此事，教官就挑了几个女生，挨个表演下才艺。轮到小豌豆的时候，她不太想做。

北齐嘉操碎了心哪，都快急死了，他冲上去王婆卖瓜似的介绍：“我们豌豆从小就跳舞，下腰、翻跟头都不是事儿。来，豆子，给大家劈个叉瞧瞧。”

小豌豆幽怨地看着他：“……”

底下的赵木子更是跳脱，双手放在嘴边做喇叭状：“豆子豆子你最棒！大招放得最敞亮！”还加了个勇往直前的冲锋动作。

如果她再磨蹭，难免让人觉得摆架子。于是小豌豆脱了外套，只穿里面的白 T 恤，她紧了紧肥大的军训裤子，在所人惊叹的目光下连翻十几个前桥，把北齐嘉要求的所有动作都来了个遍。

北齐嘉蹲坐在时深的旁边，调动着同学们观看的热情，还不忘撞撞时深，他呵呵道：“快，鼓掌，给我鼓起来。”

时深侧眸瞥了他一眼，按下想打人的冲动。

实在忍不住，时深说了句：“她特殊时候你让她翻跟头？”

时深的话被呼喊浪潮盖过，北齐嘉卖力鼓掌，目不斜视只凑过去耳朵，然后“啊啊”了两声：“你刚才说什么？”

“我说你有病。”

（8）

于是他们班的军训会演，主要带头人员定了时深和小豌豆。

那一天，天色湛蓝，绿色的跑道上站着一帮朝气蓬勃的少年。

时深扛旗带头走，他一米八五的个子，英姿飒爽，步伐有力，同学们光是看到他的高颜值就兴奋不已。难怪教官那么喜欢他。

小豌豆见时深到位后，踏步上前，翻了前桥还做了一套优美的舞姿，与时深一同握住旗杆，后续大部队就开始上场。

时深握住旗杆的手不小心碰到了小豌豆，随即她不着痕迹地、极其缓慢地将手往下挪。在等待的时候，耳畔全是回荡的广播声，脑中却是空空如也，静谧得让人窒息。

小豌豆和时深，两人并肩站在一起，刹那间风头十足。

那日放学就有两个女孩追上时深，将手中的一盒粉色巧克力递上去，青春的脸颊尽显羞涩，她们自报家门，想要交个朋友。

小豌豆经过的时候还特意佯装什么都没看见，就怕给人家女孩子带来尴尬。她轻轻走过，时深看到她的身影，本已迈出去的脚又收了回来。

他的声音清晰又响亮：“糖啊，我喜欢。”

小豌豆听见了，只得加快了脚步。

直到她走远，再也听不到任何对话，时深在那两个女孩盈盈目光之下，冷然吐出几个字：“但我不吃。”

话语前后，几秒不到，恍若两人。

好似怕人家受的打击还不够，时深又补了一刀：“都那么胖了还吃。”

（9）

学校正式开课后。

时深和小豌豆两人被班里的同学挖出了点料，即便大家来自不同的学校，但偌大的致远，几千号人，总有人是知根知底的。

传言说小豌豆家有千万财，从小就不知人间疾苦，连在哪家上舞蹈课都被扒出来了，她过的是比公主还要公主的生活。这个很好证明，光看她每天穿的运动鞋就知道价格不便宜。大家说不嫉妒是假的，但更多的是羡慕。毕竟人美心善、温柔可人，谁看谁喜欢。

至于时深，有个别传言说他性格很暴戾，还打过架，坏起来的时候连自己都怕。女生们听了后第一反应都说“不是吧”，面上还有掩盖不住的小兴奋。

男生们会“嗯”一声：“有点。”

小道消息总是越传越真，可能就是一节课的时间，连隔壁班都知道了。因为刚开学，大家都当成课后闲聊谈资，没有人会去验证。

北齐嘉就不跟大家去闲扯，倒是对排座位这件事情很是郁闷。没跟小豌豆坐一起也就罢了，就连新交的好兄弟时深都被安排到了赵木子的身边，北齐嘉托着腮发了会儿呆，一回头看到自己同桌那张大饼脸，着实吓了一跳。

真造孽啊。

小豌豆的同桌叫初音，小眼睛大众脸，话也不太多，是个单纯的姑娘。

初音撕开了新买的一本小说的塑料膜，她嗅了嗅新书的油墨味，说了声“好香啊”。小豌豆从课本中抬起头来，说了句：“那都是香兰素、苯甲醛的味道。”

“你怎么什么都知道啊？”

初音说起这个话题，悄悄看了眼赵木子的位置，说道：“那你知道时深以前的那个事情不？我觉得木子好倒霉喔，跟时深坐一块。听木子说，时深都不说话的，要么写作业要么睡觉，可没意思了。”

“是吗？”小豌豆随口答着，指尖翻了书本一页。她觉得，时深与她不过说了一句话，究竟有意思还是没意思，她其实也不太想过于关注。

当初班主任刘天明开班会选班长的时候，她就晓得了。

（10）

小豌豆和另一个女生宋风晚票数相当，刘老师心里是想让小豌豆做班长的，刚铺垫了一堆话要引出下文，赵木子突然发现时深没有交选举票，她举手：“时深还没投票呢。”

赵木子当时想的是时深跟北齐嘉处得好，就相当于和小豌豆处得好，正好把票投给自己人啊。这厢还在为自己伟大的举措感到得意呢，却不想干了错事。

刘老师一算票数，还真少一张。

时深将票送上去，刘老师打开：“好，班长定了，宋风晚。”

赵木子当即傻眼：“我，你……”

众目睽睽之下，时深此举无疑给同学们透露出一些有效信息，这个沉默寡言、脾气不太好的少年也是有自己的审美，比如，宋风晚这种编着麻花辫、丹凤眼的女孩。相对的，外表清丽柔软像小水仙，却能连翻十个前桥的小豌豆，他不“感冒”。

北齐嘉还在操场问过时深为什么不投豆子，时深说：“谁？”

“钟浅啊，坐在靠窗户的那个。”

他轻描淡写地回了句：“哦，我以为她叫宋风晚呢。”

北齐嘉仰头长叹，指着墙头摇曳的粉蔷薇说道：“看到那个花没？宋风晚再美都是绿叶，因为只有我家豌豆才是鲜花，才是公主。”

时深听闻挑眉，心思不明：“你家豌豆？”

“嗯啊。”

“那不一定。”

“什么意思？哎，你说完再走，怎么就不是我家的了？你还没说到底为什么不选钟浅？到底为什么？是中午的饭不好吃，还是作业不好写啊？”

……

（11）

致远的课间操相当有特色，听说是校长的喜好，选的歌曲是《北京的金山上》。

“北京的金山上光芒照四方，毛主席就是那金色的太阳，多么温暖,多么慈祥……”曲子是好曲,就是舞种编得类似于广场舞。

老生们习以为常，所有新生却是疯狂吐槽，还有人偷拍了校长欣赏学生们跳操的模样，做成了表情包频繁传播。

小豌豆班上的男生们都不愿意跳，后来硬是被逼着学。刘老师给男生们分组，分别让女生去教，小豌豆带的那几组学得最快。

他们积极踊跃地伸展四肢，只为小豌豆能上前给他们扳扳手，撇撇腿，但凡有丁点儿肢体接触都能飘到天上去。

时深和北齐嘉那边就不行了，教他们的女生不好看，三两句就被挤对走了。北齐嘉把小豌豆拉过来的时候，她没动。

时深手插口袋玩着脚下的碎石子，不是不把跳操当回事，也得看教的人是谁了。他正准备立正站好，就听到某人说：“不教。”言语清冷地补充，“我又不是班长。”

不用问，这就是说给他听的。

时深抬眸看向发声处，小豌豆在视线投过来的时候就转身走了。集体跳操即将开始，大家随意占位置，她要去站前面。

北齐嘉看时深紧随其后，很是好奇：“你不是不跳吗？”

“我又想跳了。”

时深不仅要跳，他长腿一迈，站到了众人争抢的某人身侧，还要霸占最好的位置跳。

（12）

赵木子爱跟初音看小说，说保持少女心，北齐嘉不怕死地点评一句：“别装了，你的少女心就是钢铁焊出来的。”

赵木子握紧拳头，甩了下秀发：“我是不是钢铁焊的不知道，但你真不是人装的。”

于是高一（2）班，隔几天就要上演一场你追我赶的“生死之战”。

今天赵木子难得不受打扰，初音坐在时深位置上，两人红着脸悄悄地看小说。时深回来的时候，初音先发现了，她咧出自认为最和善、最能套近乎的微笑：“我可……”

“不可以。”时深冷不丁打断。

后面未说出口的“我可不可以坐你这儿”就这样被她生生咽回肚子里去。

果然这人好凶。

初音只能坐在赵木子前面那个位置，再转过身来。两人看了一会儿小说，聊起物理册子没写，初音想要写。

赵木子说：“别写，我们抄豌豆的。豌豆物理成绩可好了，绝对是咱们班第一。”

时深转动圆珠笔，随便拿过一本书看起题来。他垂眸，面无表情。

另一边，初音就说：“我听说宋风晚物理成绩也很好。”

赵木子翻了个白眼，还在为宋风晚抢走班长之位耿耿于怀，她撇嘴说道：“我不喜欢那个姓宋的，你没瞧见她看豌豆的眼神，不对劲。豌豆肯定也不喜欢她。”

“不是吧，我觉得豌豆不会关注这些事情的。”

时深突然就插话：“那她喜欢关注什么？”

初音和赵木子莫名瞧着他。时深平时从不搭话，现在主动聊天，看着有点怪怪的啊。

初音当即闭嘴，赵木子有些尴尬，碰碰初音。初音被时深盯得难受，只好想想说了句：“呃，学习吧，她喜欢理科，物理、化学这些。”

（13）

二班的物理是班主任刘老师带的。

今天这堂课，刘老师叫时深和小豌豆一同上黑板做题。时深快一步写完，回身放粉笔的时候，小豌豆刚转身，正巧嗅到气流带来他的味道，清凉的、有点点柠檬的香气。

两人交叉走，时深没有要让的意思，要不是小豌豆停顿一下，就被他踩着脚了。

而他，从始至终没有正眼瞧她一下。

刘老师在两人解完题后说了这次物理小测的得分情况，黑板上就是试卷中大部分同学做错的题，目前解答的两种方式，就是出自第一名和第二名之手。

刘老师带头给时深和小豌豆鼓掌，随后念名字上来拿试卷，说第一名是时深时，小豌豆感到很意外。所以她忍不住抬头看时深，他握着卷子，与小豌豆对视，毫不退缩。

甚至还有些……挑衅？

小豌豆瞬间明白了，这个她不喜欢的人，也不喜欢自己。

她曾想过上了高中之后，一定会有很多比自己成绩好的人，她不需要跟别人比，要挑战的永远都是自己。道理想得明白，现实看不真切。

她再是心宽，也经不住失去班长职位、失去物理第一名的连续打击。

但这还不是最让人郁闷的。

她那几天因为总是看物理卷子，初音就把这事告诉赵木子，意思是这姑娘得了第二名心里很不舒坦。

赵木子想了想，觉得自己应该为朋友做点什么。按正常逻辑来说，一般别人比你成绩好什么的，总想知道自己输在哪儿或是哪个地方需要改进。

嗯，是这样没错的。

（14）

小豌豆上个厕所回座位的时候，又拿出那张物理试卷。她一直在分析最后一道大题的第三种解法，谁知一打开卷子，就发现最后一道大题上写着她想要的第三种解法。

再翻看，是时深的卷子。

她来不及想时深的卷子为什么会在自己桌子上，当即就拿上想放回去。她将卷子搁在时深的桌子上又想，卷子都讲完了他应该收起来才对，就去书桌里头找他的物体课本，仔细叠好夹进去。

就在这时，卷子的主人回来了。

时深刚打完球，把手中的校服扔到书桌上。他穿着一件深色T恤，额前头发微湿，领口处还沾着水渍。他抓着衣服微微呼气，试图释放身体的热浪。

血气方刚的少年，浑身上下都弥漫着荷尔蒙。

小豌豆有些不知所措，将书僵硬地塞进去。

两人都沉默数秒。

时深开口：“怎么，你想装作自己看不见，还是我看不见？”

小豌豆：“……”

时深：“不做点什么解释吗？”

小豌豆：“……”

时深：“没事，我时间多，你可以想。”

小豌豆从不编说谎言，她道：“不知道你的卷子为什么会在我桌子上，我给你拿回来。”

“哦，我还以为你会说我的试卷被你桌子给封印了。”

时深觉得话都说到这个份上了，她应该会生气，或是有点其他反应。

小豌豆当然不会生气，她的“其他反应”是，四个字：“你话好多。”

时深顿时一噎。

他还是说不过她。

（15）

小豌豆过了一个月才去舞蹈室上课，之前她的老师去了国外学习。老师回来后，将小豌豆的上课时间调整到了周三和周五晚上，还有周六日全天。周三那晚，小豌豆练完舞回家已经快九点了，钟点工阿姨将晚饭做好就放在锅里头温着。

钟爸依旧是在外应酬着生意，也许又是半夜两三点才能回来。

今天第一次的月考成绩出来了，她排在了年级第四，第一名是时深，这次她不意外了。

做了会儿作业之后，小豌豆从书柜上头把一个大玻璃瓶抱下来，又从柜子里拿出一沓彩色塑料细管，坐在那儿开始叠星星。

在不会发脾气，也不想说话的时候，小豌豆就这样宣泄着压力与寂寞。

其实小豌豆现在心里很不舒服，或者说是自责。念初中的时候无论大小考试她都能得第一，可是现在，她发现做第一这事开始变得困难了。

也许是她的努力还不够。

她不停地叠着手中的东西，双目无神，仿佛一个没有灵魂的机器。

她已经习惯了这样，独自坐在灯下，叠着星星，窗外是风是雨还是雪，都与她无关。此时脑海中浮现出一双眼睛，但是记忆略有些模糊，只记得那双眼圆溜溜的，瞳孔里像是弥漫着一层雾，看不出任何喜怒哀乐。

正当她回忆出神的时候，听到有人拍门的声音。

原来是北齐嘉端着饭盒来了，说是他爸炖的红烧肉。小豌豆将厨房温着的饭菜摆出来一起吃，北齐嘉就坐在她身边，搜寻一圈：“叔叔还没回来啊？”

“嗯，要晚点。”

“那你害怕吗？”北齐嘉趴在桌子上瞧她，“去我家睡呗。”

小豌豆看也不看他：“不用。”

“哎呀，我们就跟小时候一样嘛，怎么长大了你还忸怩了。你是不是觉得我成绩不好，跟我一起玩拉低智商啊？”

小豌豆嚼着蔬菜，想了想："是有点。"

北齐嘉抽动着嘴角。

"但没有办法，谁让你是北齐嘉。"

谁让你是北齐嘉。

这句话暖了北齐嘉许久，即使在那懵懂的年纪里，他也牢牢记住了这句话。要说他对小豌豆什么感觉，他还不太清楚，但是他知道，自己从记事起就陪在小豌豆身边，将来老去，也应该还要守在一块吧。

北齐嘉开心，将凳子挪近一些，乖顺地趴在小豌豆的身边。

（16）

周五放学，小豌豆上完舞蹈课，跟同学在门口分别。北齐嘉白天在学校说要和时深打球，晚点来找她一起回家，直到她都下课了也不见人。

她拎着舞蹈室同学分给自己的橘子拐进小路，准备把书包拉开，试图将橘子全部塞进去。

因为明后天休息，所以这个时间点还有不少人在外头玩，尤其高中生居多。小豌豆在拉开书包拉链的时候，听到几下清脆尖厉的口哨声，她抬头便看到七八个同龄学生站在路旁，流里流气地冲着她笑。

她不是第一次遇到这样的事情了，本可以无视走过去，谁知她没有托好书包，在塞橘子的时候，塑料袋往外翻了口，里头的橘子调皮地蹦跶出去。

速度不快，但总体流向是朝吹口哨那帮学生的方向。

小豌豆弯身一个个认真去捡。

那些人笑声不断，还说着：“妹妹需不需要帮忙啊？”

他们言语上的嘲弄让场面变得有些尴尬，小豌豆有想过不要了，但还是追着橘子走。直到离那帮人越来越近，一双白色板鞋挡住了橘子的滚动。

来人带有微风，他看她捡，却没有要帮她。

小豌豆直了直腰，借着微黄的路灯，看见了时深。他的校服被脱下随意搭在肩上，不知为何看着有些痞意，他就那样站在她与那些高中生的中间，挡住了橘子，挡住了那些人的目光。

最后一个橘子了。

在她蹲下的时候，时深突然回头，看向那帮人。

他的眸子似一把寒剑，只是轻轻一眯，嘴角的笑还没绽开，那些人像是得到什么信息一般，安静下来，再没有发出任何响动。

这帮学生都知道，接收到无声的信息，是来自眼前人的警告。

小豌豆将书包背好，也许是碰到认识的人，她不慌不忙，拉拉自己的校服，甚至是别在面前的学生的胸卡，她都给弄正。

即便时深没有帮自己，但他的出现就能得到声谢谢。

谁知这声谢谢刚出口一个字，时深就与她擦肩而过，还略带一丝嫌弃的意味说道：“捡得真慢。”

他明显就是故意的。

小豌豆想试着与他搭话的可能性彻底为零。

这个行事作为不规范，还总想看别人出丑的讨厌鬼，刚才她怎么就眼盲还觉得他会帮自己呢。果然同学们说得没错，他真的有点坏。

小豌豆第一次这样去猜测别人。

（17）

刘老师叫时深和小豌豆两人到办公室帮忙整理一些卷子。时深负责分类，小豌豆负责标号，时深拿一张，小豌豆就拿铅笔写个号。

小豌豆每每写号的时候都要稍微弯腰，偏偏时深还拿得特别慢，如果拿得快一些，她也不用来回弯腰。她的手指又细又长，笔下的数字写得规规整整，低头的时候马尾掉落在卷子上，有几次还会拂过时深的手背，轻柔的、很快的，都还没来得及感受。

“能翻快一点吗？”小豌豆忍不住开口。

谁知时深悠悠地说道：“快与慢是相对的，从物理角度上来说，无非是你选择的参照物决定了看到的物体的快与慢。如果你觉得我慢了，可以换一个参照物。”

他在耍赖。

时深抬眸，看她依旧一脸平静，还扬了眉，怎样？

如此近距离的挑衅太明显了，小豌豆眨了两下眼睛，继续标号。

这种无声的抗击让时深很不舒服，他倒是希望她跟别的女生一样，咋咋呼呼，闹天闹地。

时深故意又放慢动作，小豌豆也不急了，就这样等着他。

两人消耗着时间，直到窗外的斜阳从时深的脸上落到卷子上，小豌豆盯着那束光线，它正用着肉眼难以观测的速度在移动。

像是不舍或是眷恋。

“这光，对于它来说，我们俩都太快了。”

小豌豆突然这样说，时深停了手中的动作。

她眼中有星芒闪耀，他一时看了进去，久久不能自拔。

（18）

小豌豆之前就想好了，如果时深再给她使绊子，绝不客气。

大家最爱的体育课，同学们都在操场玩，刘老师又安排时深和小豌豆去做事，让他们抄一些题在黑板上，下节课他要用。

于是两人分工，一人抄半个黑板。小豌豆一米六二的身高，粉笔抵在高处的时候需要踮起脚来，时深就很方便了，两条大长腿还分开站着，意思是黑板太矮了。

黑板擦只有一个，还被时深占着，他为了方便，就将黑板擦立在黑板的上头，方便取用。可这样小豌豆就不方便了，黑板擦在他脑袋上方，自己又不想去要，就用手掌在擦，后来擦不干净了。她就问："能不能把黑板擦放讲台上？"

时深停笔，转头看着她，又看看上方的黑板擦。

"可以。"他抬抬下巴，"自己拿。"

又是很明显的刁难。

小豌豆从他两侧试着拿没够上，又站到他身后，还差一些。

时深就直挺挺地挡在那儿，这时候小豌豆心中有些气了，但还是耐着性子说："你能不能让一下？"

果然，这个人从不让她失望。

时深转过身来，脚下不挪动一寸。

"你自己够不到吗？"

从来不发脾气、好好姑娘的小豌豆，此刻忍不住了，她伸手就将时深按到黑板上，右腿噌地踢起压至他的肩上方——一字马的"腿咚"就在时深毫无防备之下，上演了。

小豌豆轻轻踮下脚，时深感受到了她按在自己心口处的微力。小豌豆轻松拿到黑板擦。

“我当然够得上。”她凑到他的面前，咬字清晰，简单明了。

时深憋住气，忍不住缩了缩脖子，脸上浮现一道红晕。小豌豆极其淡然地看他一眼，收回长腿。她回到自己那块把板面重新擦干净，再随手往后一抛，黑板擦平稳落在讲台上。

时深咽了咽口水，悄悄望了她一眼。

这一眼被小豌豆捉住，她轻轻昂头，洁白无瑕的下巴盛气凌人的傲娇，她轻启红唇：“你还想放上头吗？”

“不……”时深回眸，“不放了。”

他突然有些不敢再撩拨她了，回想之前惹她的种种，真是太后怕了。

他的心狂跳得要炸了。

小豌豆决定再也不忍他了，要好好治治他。

这只披着狼皮的小奶狗。

第三章 想要再靠近一点点

小豌豆：你很完美，但还是有个缺点。

星星碎：什么缺点？

小豌豆：缺点我。

（1）

学校安排大扫除，二班的分担区是操场和几块花坛。

小豌豆和几个女同学在花坛处拔草，邻班的几个男同学调皮，不停地去踩埋在土中的地灌喷头，谁知一下子踩爆了，小豌豆中枪，水柱从头到后背滋了她一身。

她本能地双手撑地，却不想跌倒在了泥地里。

女生们看小豌豆摔倒，其中一个吓得撒腿就跑，边跑边扯着嗓子喊：“北齐嘉！北齐嘉！”

时深和北齐嘉赶来时，就看到一身狼狈的小豌豆站在那儿整理校服，脸上还粘着泥巴。

北齐嘉刚吼一声哪个浑蛋，上去就推搡开，时深几乎也是第一时间冲上去的。

时深揪着其中一人的衣领：“你弄的？”

“又……又不是故意的啊。”

时深一听笑了，脸色如冬日寒冰。他说：“是吗？”

一拳挥上。

对方鼻子瞬间开花。

时深敛了笑，沉下脸：“我也不是故意的。”

北齐嘉一看见那人鼻子流血了，上去拉时深：“别别别，兄弟，流血了，流血了。”

“有种！你们两个！啊？有种再打我一下试试！不打你们俩就不是男人！”对方捂着鼻子，大喊。

北齐嘉纳闷了，他那么好心拉架，还有人提这种无聊的要求。

于是，他上去就是一脚。

十五六岁的一帮少年，经不起“侮辱”的青春，就这样胡乱扭打成一团，揪头发，扯校服，扔泥巴。本来还心有余悸的一帮女生，此时也都站好队加油助威。

这件事情在学校引起不小的波动，新生聚集斗殴，建立帮派，甚是恶劣。

北齐嘉的爸爸在听年级主任训诫的时候，刘老师在旁边也不敢多言。北爸先是一个劲地点头：“对对对，老师说得对，回去我就打死这小子。”

“作为父母应该正确引导，怎么能轻易就说打死孩子呢？”

“对对，回去我就把他打个半死。”

年级主任：“……”

北齐嘉顶着乱糟糟的头发，还流着清水鼻涕，很是不耐烦：“爸，你知道他们欺负谁，欺负豆子啊！我们家豆子啊！”

“浅浅哪？”北爸气得把胳膊夹的小皮包一扔，叉腰瞪眼，“打我儿子的我不管，哪个打我闺女的，给我立马站出来！”

年级主任扶额：“刘老师，把你们班的人带走，我管不了了，我心脏有点疼……”

(2)

时深爸妈来学校的路上就大致听说了一些。

见到刘老师的时候，时爸握住刘老师的手，不可思议地问：“时深真的……跟同学打架了吗？”

刘老师点点头。

“这真的……太好了。”时爸竟满脸笑容。

刘老师：“？”

时妈说：“他长这么大从来不和同学玩，连名字都不叫，我们一直以为他是不是有点孤僻。”

时爸：“和同学打架也是好事，不打不相识，增进感情嘛。”

时妈：“嗯，我也是这么想的。”

刘老师心痛：“那个，待会儿在主任面前咱先不要这么说……他可能不那么想。”

（3）

群架被别班老师制止后，宋风晚在班里跟同学们说北齐嘉肯定会受到严惩的。赵木子当时听了就不乐意了，拍案而起：“小辫子，你是风油精和清凉油生的小孩吗？”她瞪着眼睛，加大音量，“就知道说风凉话！”

宋风晚不高兴，反驳她：“你不是最讨厌北齐嘉吗？还天天跟他打架，现在怎么替他说起话来了？”

“嘁，有句话你没听过吗？自己养的狗只能自己揍，别人就是不行！”

赵木子还在指责宋风晚作为班长不为同学出头就知道叨叨，小豌豆默默脱身，跑去了教师楼看情况。北齐嘉先被刘老师叫进去单独“受审”，时深正站在过道外等候。

小豌豆在外面扒着玻璃悄悄看了一会儿，北齐嘉除了头发被薅得一撮一撮，好像没什么事情。她收回脑袋，在过道那儿站了一会儿，时深就在旁边，两人无话。

小豌豆一直在寻思着，是不是该跟他说声谢谢？但万一时深不是为了她，不仅自讨没趣还容易被人抓住揶揄的把柄。

她拂拂头发，还在想着。

突然，头顶盖了东西。

时深把校服脱下扔在她湿漉漉的脑袋上，小豌豆抬头。

他的眼底似有一汪清潭，难得一见的温柔。

"擦擦。"

"谢谢。"

时深字正腔圆，毫不客气："刚才你甩头，把水弄我脸上了。"

"……"

小豌豆沉了目光，她就知道，心软等于栽跟头。

（4）

自从时深与北齐嘉跟邻班同学"大战"之后，又双双在年级大会上宣读检讨书。北齐嘉这样点评二人的感情："兄弟齐心，割断黄金！"然后就强拉着时深加入了自己的小组织（团员小豌豆、赵木子两人），业务就是一帮人一起上小卖部，写个作业什么的，男生打球，女生就到操场边喊几声加油、好帅呀。

大家慢慢地，也就没那么畏惧和远离时深了，不过小豌豆除外。

她不是怕他，是怕他来惹自己，自己控制不住要收拾他。所以那个时候，小豌豆和时深都不怎么说话，除了必要的“嗯”“好”“是”，几乎没有交流。

两人之间从试探到挑衅再到静观，偶尔象征性友好来往一下，都及时回到各自领域。北齐嘉、赵木子一致认为这是学霸的通病，可能觉得话少显得自己智商就高。

（5）

课间，小豌豆趴在桌上睡觉。

赵木子撸了下短发，远远地冲初音挑眉使暗号，随即又跟时深说：“下节课自习，我想跟初音看会儿小说。”

时深看着赵木子期待的眼神，问：“谁是初音？”

赵木子内心叹息，果然学霸都是一家。她努努嘴：“豌豆的同桌。”怕时深不答应，抓紧补充，“咱们现在是一个team 哦……”

话没说完，时深当即拎着书往小豌豆位置走去，赵木子还纳闷：“上次咋不这么爽快？”

上课铃响了，趴在桌子上的人还没有醒。

时深不是第一次近距离看小豌豆了，但这一次，能看这么久还是很难得。小豌豆前一晚练舞练得很晚，北齐嘉又求着她给补写了不少作业，今天就觉得有些困。

下午的阳光是最舒适的，时深的笔尖戳了又戳，就是没写出字来。没办法，他的注意力一直在旁边人身上，偷瞄不太正经，他便正大光明地看着。

那颗小小的脑袋安静地趴着，柔顺的马尾在阳光下还闪着光，如若不是一个白色的什么东西粘在上头，时深定能看好久。

他伸手拿了一下，没拿掉，好像是白絮絮之类的东西，因为静电而粘在发丝中。

再捋一下，还是没掉。

再捋。

小豌豆换了个姿势，觉得头皮有点疼，睁眼的瞬间就看见时深拿着她一缕头发。

视线相接，片刻静默。

“你干什么？”小豌豆的声音不大。她还趴在桌子上，眨了两下眼睛。

时深将那调皮的白絮拿下来，说：“这东西一直在闪我的眼，影响学习。”

就料到他嘴里没好话。

小豌豆直起身，看到大家都在自习，初音和赵木子坐到了一块，继续红着脸捂着嘴埋头看小说。她清清嗓子，装作什么事都没有，从桌上随意抽出课本，圆珠笔一按，准备写作业。时深也一样，收回目光，集中注意力在作业本上。

那瞬间，在时深看不到的一面，小豌豆冷冷地轻扯嘴角。

（6）

时深对小豌豆的恣意报复后知后觉。

当他从教室走出，穿过长长的过道，发现所有人都在看自己。他虽不解，却也懒得去想，睡眼惺忪地揉揉下巴，刚想打哈欠，北齐嘉迎面走来。

北齐嘉歪着脑袋看着他，想笑又憋着笑地问：“兄弟，今天走的是哪种 style？”

“怎么了？”

“你还是自己去卫生间照照吧。”

时深本就要去上厕所，他大步走着，在洗手台边上伫立。镜子中的少年有着白皙的皮肤，额前的发丝稍许凌乱，却遮不住那好看的眸子。

好看的还有，他的头顶夹着一个发卡，刚发芽的小叶子绿油油在晃动。

这是动漫展上经常见到的发卡，如果他没记错，在小豌豆的桌子上见过。

时深抿着唇，长长地吁口气。

这次换座位，他就眯了两分钟，甚至都没熟睡，就被某人钻了空子。

时深捏着小叶子发夹回教室，同学们毫不掩饰地哈哈大笑，以往的高冷人设此刻有些崩塌，大家都觉得他的内心住着一个小公主。

小豌豆就坐在人堆里，眼里噙着笑。

时深不示弱，倔强地回望，面上无风浪，心中挠加痒。

要不是她……真想揪过来打一顿。

（7）

时深同学潜伏了一阵子，终是让他捉到机会。

班里当时在操场玩跳鞍马，后来玩着玩着要男女比赛，他们就站在旁边看热闹。看着看着，时深突然来了一句：“你敢比吗？”

小豌豆都不用回眸，就知道他在向谁下战帖。

“你敢吗？”她反问。

时深将手从口袋里拿出，索性往前走去：“那就来。”

小豌豆摩拳擦掌，活动关节，毫不畏惧地接招儿。

北齐嘉和赵木子丈二和尚摸不着头脑：“咋了？这两人看个游戏也能杠起来？”

鞍马桩是一节节往上垒的，总共六层，谁跳到最高一层就算赢，目前为止，除了专业的体育生之外，所有学生最多只能跳到四节。

北齐嘉还想劝时深，因为他比谁都了解小豌豆，十几年的身体不是白锻炼的。赵木子倒是兴奋得不行，还挥手喊着：“豌豆，咱脑力不如人家，体力得跟上啊。”

小豌豆接收到这句话，也不知道是埋汰还是夸赞。

时深是凭着一腔孤勇和那两条大长腿的优势，可惜打脸打得太快了。小豌豆在第五节一个撑手分腿，漂亮落地，时深就不是那么顺利了，跨过了第五节，跌坐在了垫子上。

游戏竞争到白热化阶段，第六节就是决胜的关键。

大家对时深还是抱有希望的，毕竟人高腿长，小豌豆在起点的时候扭头看了眼时深，她的长发被绾起，连同纤细的脖子都发着光。

她微微垂眸，声音不大不小，刚好传进某人耳中：“献丑了。”

小豌豆面对第六节的鞍马桩，修长的横叉一字马再现，矫健越过，干净利落。

时深就不幸了，不偏不倚就卡在了鞍马桩上，掉落在一边，冲不过去。他还不服，觉得自己明明可以跳过，于是他就回起点再来一次。

事实呈现的失败太过明显，时深咬牙，反复跳跃。

画风如此突变，北齐嘉看他摔得着实心疼，赶紧上去拉时深：“你跟她较什么劲啊，她那是人腿吗？咱男人可不能伤着裆下，你懂的啊，兄弟。”

时深抬头，冲自己伸出手的不只是北齐嘉，还有小豌豆，她头顶的蓝天清澈明朗，如同那双眼。她说：“没关系。”

他刚还想着之前那句“献丑了”是不是在说她自己。

“多摔几次就好了。”小豌豆突然这样说，还带着清冷的笑。

真是想多了，那句献丑了分明说的是他。

时深就更不死心了，不停地跳、摔，画面机械般重复。最后连同学们都觉得无趣了，操场上就剩他一人在跳鞍马。

直到他稳稳地落在地上，早已挥汗如雨。

时深跑回教室，当时已经打了上课铃了，在经过小豌豆身旁的时候，撂下一句：“放学后别走。”

（8）

放学后的操场，是落日余晖画下的美卷。

少年的背影带着万丈金光，勇敢又决然地跳过第六节鞍马桩，姿势利落而又标准。

树下站立拎着书包的小豌豆，柔软的余晖在她的眉间停留，她点点头，带着些微风。

“挺好的。”

时深将地上的书包捡起，同样拎在手中：“平了。”

小豌豆瞧他一脸认真的模样，“嗯”了声：“平了。”

于是两个朝气的少年，怀揣着一点温柔的倔强，这才背起书包，并肩踏入璀璨的光中。

(9)

对于小豌豆和时深的针锋相对，北齐嘉和赵木子难得达成一致意见，他们觉得友谊的小船不能翻，实在不行，炸串、奶茶、电影院浪几圈。

北齐嘉安排了一系列团建活动，两人都是爱搭不理的，这可把他愁得呀，觉得这些学霸非要拼个你死我活才肯罢休吗？

于是在电影院候场的时候，北齐嘉作为队长，给两位出了一道终极挑战题。

“有一架飞机，载了200块砖头，掉了一块还剩几块？”

赵木子抢答：“飞机炸了，一块不剩。”

北齐嘉嗔她：“一边去别捣乱。”

时深未答，小豌豆说：“199块。”

北齐嘉点头，继续说：“大象放进冰箱要几步？”

小豌豆：“三步。”

“长颈鹿放进冰箱要几步？”

小豌豆：“四步。”

“动物园现在要开全员大会，老虎把所有动物都通知过了，请问谁没有去？”

小豌豆：“长颈鹿。”

“这个时候有个猎人掉鳄鱼池里，为什么他没有死呢？”

小豌豆：“因为鳄鱼去开会了。”

“于是猎人活着上岸了，但是没走两步，突然死了。”北齐嘉拍手，贼眉鼠眼，“请问这是为什么？”

这下小豌豆不回答了。赵木子绞尽脑汁也没想出来为什么。

一旁全程沉默的时深，看了眼小豌豆，轻扯嘴角，两侧的酒窝漂亮得不行。

就在北齐嘉判定没人答出来，要设为平局的时候。

这个带着笑意的少年吐出一句：“被掉下来的砖头砸死了。”

小豌豆茅塞顿开，北齐嘉竖起大拇指：“果然第一就是第一。”

时深发现小豌豆的目光落在自己的身上，久久未移，这才歪头朝她扬眉，怎样？服吗？

小豌豆没有什么表情，原来性格看似执拗的他，也会脑筋急转弯。

四人随后去看电影，时深就坐在小豌豆的右手边，她可以清楚地感受到来自对方的局促不安和微颤的震感。

他竟然在害怕。

时深失策了，他不知道北齐嘉竟然选了他最讨厌的恐怖电影，内心从片头曲响起的时候就慌得坐不住。从小一个人待太久了，听什么都感觉毛骨悚然。

时深多次低头闭眼，想要躲开血腥的画面。

小豌豆正内心发笑呢，突然就被抓了手臂。时深太过紧张了，几乎是下意识地想要寻找安全感。在发觉自己失态之后，时深赶忙缩回手，幸好灯光暗，否则脸颊的红晕岂不是暴露了。

其实已经暴露了，他的小心脏有些不堪一击。

就是揪住了这条小尾巴，在学校的多个拐角盲区，小豌豆总是不凑巧地出现在时深跟前，少年每每都被惊吓得够呛，他捂着胸口扶着墙，看着“罪魁祸首”是又气又无奈。

小豌豆像是扳回一局，轻飘飘地给了个眼神，你也不是那么厉害。

（10）

小豌豆近期在舞蹈室加强训练，她要准备下个月的考级。北齐嘉带着时深趴在玻璃窗外看，正巧望见小豌豆在跳“倒踢紫金冠”，北齐嘉有些小兴奋，咧嘴说道：“怎么样，厉害吧，你还敢挑衅她跳鞍马，怎么不去跳崖呢？”

小豌豆是真没有想到北齐嘉会带时深来。

从更衣室换好衣服出来，拎着书包，在她套校服的时候北齐嘉上去就要帮她穿，换作以往是没什么的，只不过如今……

小豌豆清清嗓子：“不，不用了。”

“哎呀，我给你穿。”

北齐嘉又是拿书包又是帮她拉衣服，热情到小豌豆无力反抗，时深就那样手插口袋静静地观望两人。北齐嘉拉扯间不小心把她校服上的学生胸卡弄掉了，他们往前走着，都没发现。

时深弯腰捡起，握在手心。

三人在回家的路上，北齐嘉给小豌豆买了根烤肠。小豌豆是有些饿，但还是忍住了。她说：“最近体重不稳定，我不能再胖了。”

“没关系，就吃一口。”

北齐嘉恍若无人地开启哄妹模式，将烤肠放在嘴边吹一吹，再递给小豌豆。

小豌豆觉得投在自己身上的某道目光快要将她切割，她咽了咽口水，避开危险区，硬是咬牙没吃。于是北齐嘉就吃了，剩最后一口的时候直接塞到小豌豆嘴里。

“喏，就吃一口。”

小豌豆咬着那截香肠就跟咬着地雷一样，咽也不是吐也不是，更遑论某个人还在一旁悠悠地问了句：“好吃吗？”

这是什么意思？

时深嘴角噙着笑，好看的酒窝此刻一点都不可爱。

小豌豆捂着嘴，谁都不看，撂下一句“我先走了”迈开腿就跑。

北齐嘉还后头“哎哎哎”地喊着，丈二和尚摸不着头脑，他还问时深：“她今天怎么怪怪的？”

时深不理他，到了路口转脸就走，连招呼都不打。

北齐嘉很不爽，朝时深嚷嚷：“你又是什么情况啊，难道我没给你买烤肠就生气啦？我也没给自己买啊。喂，我跟你说话呢！我也没买啊……”

晚上北齐嘉在家还接到小豌豆打来的电话，她说：“你以后不要再来舞蹈室找我。”

挂了电话后，他蒙上加蒙，北齐嘉心想，难道是烤肠不好吃？

（11）

隔天一早，在致远大门口。

保安们目光扫着进门的学生，待看到小豌豆的时候，手一指：“那个学生，胸卡呢？”

小豌豆站定，早上出门时就发现校服上别着的胸卡不见了，找了很久没找到。她回答："好像丢了，我是高一（2）班的。"

"丢了？"保安上下打量她，在确认是不是这个学校的学生。

虽然是穿着致远的校服，但是她没有胸卡，保安多少有些怀疑。

随后小豌豆跟保安说了班主任信息，正巧看到时深背着书包经过，便出口喊道："时深。"

时深回头。

小豌豆上前一步，跟保安说道："这是我们班同学。"

保安看着时深，在等他的确认。时深紧了紧书包的带子，看着小豌豆的脸，一本正经地蹙眉："同学你是？"

他竟……

摆明是故意的啊。

小豌豆显然没能接住这个百变少年的梗，简直是出其不意给了她一个大招。时深临走时冲她扬扬眉，是当时初见的样子，是那个"坏人"没错。

小豌豆面无表情目送他走，她还能有什么表情。

对"敌人"松懈是她的错。

等了会儿再次碰到同班同学，小豌豆才被带了进来。时深趴在阳台上远远地望着，手中摩挲着胸卡，胸卡上的照片小巧可人，让人看了欢喜。

他觉得，既然自己看了喜欢，那就得留下。

后来小豌豆重新申请办胸卡，还让刘老师出面跟校门口的保安都打了招呼，给弄了个临时的大卡片挂在了脖子上，要多丑有多丑。

（12）

然而事情并没有就此打住，小豌豆在时深经过身旁的时候，伸出了脚。

时深一个大趔趄，扑倒在地，结结实实地来了个拜年跪。

他回过身来，双手撑地看着罪魁祸首。小豌豆抱着书，看了看自己的大长腿：“它可能有自己的想法。”

一点都没有觉得对不起。

她又是在报复。

旁边走过来几个男生，平时也跟时深打过篮球，其中一个冲他伸出手：“来，兄弟，过年还早呢。”实在忍不住想笑他。

时深借力起身，不动声色地揉揉发痛的手掌。

眼前张扬的女孩，比他想象的还要有光芒，那个看似孱弱娇气的模样估摸着就是个假象。

但他也有对策。

时深在大家赶着下楼做操的时候，捉到了小豌豆，用同样的一招伸脚去绊她。女孩子比男孩子更容易摔，就在小豌豆以为自己要扑地的时候，时深长臂一捞，将她稳稳扶住。

他就站在自己的身后，哪怕不用回头她也能想到那傲娇的神情。

小豌豆很聪明，她知道时深故意使绊子也会伸手搭救，因为想要恶作剧。但是她不服输，当即踢腿，直直逼向自己耳后，时深的脸部。

要不是时深躲得快，那真是遭殃了。

他惊魂未定地看着小豌豆放下腿，立定站好，刚才那抬腿一字马又把他吓着了。

这姑娘到底是练舞还是练功夫啊。

小豌豆多少有点把握，哪怕时深真的躲不开，她也不会伤到他的脸，毕竟他备受惊恐的脸庞现在看起来更有意思。

于是时深果断离她一米半，偃旗息鼓，不敢招惹。

（13）

海城的十一月在丹桂飘香里姗姗而来。

小豌豆和爸爸这些日子经常一起吃早饭。饭桌上，钟爸贴心地问着女儿的生活情况，小豌豆一一作答，也把学习情况做了汇报。

钟爸很是欣慰，看着小豌豆满满都是荣耀。他说：“我女儿就是小仙女，又好看又能干。”说罢就去客厅沙发上的皮包里掏出钱夹，抽了几张红色钞票递给小豌豆，“喏，拿去买吃的，不够爸爸再给你。”

小豌豆没有接，她的目光停在爸爸有褶皱的袖口上，那上头还有一个洞。

钟爸发现之后，很不好意思地缩回手，嘿嘿笑两声：“来，快拿着。”

小豌豆只好接过钱，钟爸又坐回桌上吃起饭来。小豌豆小口咬着全麦面包，其间多次看了看爸爸，后来，她还是问了。

“爸爸，工作还好吗？”

“好啊。”钟爸大口吃着饭，含混不清地说着，“可忙了，爸爸可能没时间照顾你喔。”

“没关系。”小豌豆很是乖巧，她还叮嘱爸爸注意身体要按时吃饭。

上学时间到了，小豌豆拿起书包到玄关处穿鞋。钟爸给她书包里塞了个苹果，说道：“待会儿把水果吃了，下午爸爸在你学校附近那家全季酒店办事，我去接你吧。”

小豌豆咬着皮筋，“嗯”了声，她将头发重新扎了下。

钟爸看到这番场景颇有感触，女儿怎么就突然长大了。家中没有女性长辈，需要的柔情自己心有余而力不足，但是他把所有的爱都给了女儿，能给的他给，不能给的他就想办法创造。他依依不舍地目送着小豌豆出门，很难受地叹了口气。

（14）

小豌豆啃着苹果往教室走去，上楼梯的时候北齐嘉从后面冲出来，拉住她都快哭了。

“哎呀妈呀，我刚听我同桌大饼脸说早读课抽查语文作业，豆子啊，你赶紧把作业本拿出来给我抄下。”

“好。”小豌豆咬住苹果，反手拉书包要掏本子。

东西还没掏出来，却因嘴巴张得太大，肌肉酸涩，苹果咬不住了。小豌豆以为苹果就要落地的时候，时深不知什么时候从后头上来，一把将苹果接住。

北齐嘉帮忙把作业本掏出来，先溜去教室抄作业了。

时深还握着苹果，小豌豆在拉书包拉链的时候，听到时深来了一句：“你能不能不要每次掏书包都……”

小豌豆只是侧眸看时深一眼，活动下脚踝，时深后面那半句“手里还拿别的东西”咽了回去。他不着痕迹地后退一步，靠着楼梯扶手，十分轻柔地说：“下次小心点呢。”

小豌豆背好书包，迈步走向他。她一步一步，带着专属的静默与凛然。

一朝被蛇咬，十年怕井绳。时深心中顿时警铃大作，余光快速扫向四方，他现在采取的战略是以静制动。这里该是没有让她压腿的地方吧，两次“腿咚”真的把他吓惨了。

小豌豆看时深与自己刻意保持距离，还觉得莫名其妙。

她不再靠近了，而是伸手把苹果拿了回来，顺道问了问：“你洗手了没？”

她竟没动静？但这话说得他也好想瞪她。

“洗了。”他皱皱眉头。

“谢谢。”

“嗯。”

小豌豆继续啃着苹果，迈腿爬台阶。

时深见她走了，顿时如蒙大赦，暗松一口气。

小豌豆晃荡着好看的马尾，很快就不见人影。不知道为什么，在她靠近没有任何动作的时候，除了松口气还有些落寂，他害怕被靠近又想被压制。

时深懊恼地抓了抓头发，觉得自己可能得了一种病。

得了被虐妄想症。

（15）

早读课快结束的时候，刘老师过来了。

他通知大家本月中旬要开运动会，让班干部将同学的参赛项目做统计上交。白天时间不够，放学后班长宋风晚和体育委员程铭召集大家开了班会。

赵木子要跑女子 3000 米，还邀请小豌豆一起。北齐嘉听到就跑来说："3000 米，你想把我们豆子跑成爆米花啊。"

北齐嘉知道小豌豆一向不爱参加集体活动，以前在初中的时候，她都是坐在一旁加油递水的。他正想说没关系不用参加的时候，听到小豌豆在问："时深也报了？"

北齐嘉回她："他没有报，他和我被程铭选上参加 400 米男女混合接力赛。"

看来班上不少人都参加了，程铭还很友好地问小豌豆要不要参加。宋风晚在一旁拿着记录本冷言说道："人家娇贵之躯，才不和咱们玩呢。"

程铭看了宋风晚一眼，丝毫不理会，微笑着跟小豌豆说："你要是想报哪个跟我说。"

小豌豆点点头。

开完班会后，小豌豆就抓紧时间往校外走去，钟爸并没有在门口等待，她想起爸爸要办事的酒店便穿过马路到对面去。时深恰好就跟在她身后，他漫不经心地走着，正纳闷她今日回家的路线怎么变了。

他看了看四周，没有其他人，就有点想追上去。然后他考虑许久，算了，不敢追。

时深刚准备在路口转弯，就听见前方传来男人的嘶吼，小豌豆也循声望去，全季酒店的门口站着两个男人。钟爸举着打火机卑躬屈膝地给一个男人点烟，那个男人夹着皮包，嗓门儿像是加了扩音器："侬没钱就不要装大爷好不啦，把你那车卖了赶紧给我还钱！"

"最近确实手头有点紧……"

男人嗤笑，用力戳着钟爸的肩膀："你是最近吗？你是这么多年都手头紧！”

时深本来没在意，突然就看到小豌豆毫无征兆地加速跑，他索性也就跟着跑。小豌豆冲到陌生男人跟前，二话不说上去狠狠推了一把。

钟爸吃惊坏了，拉住小豌豆：“闺女，你怎么跑这儿来了？怎么不在学校门口等我？”

小豌豆没有说话，只是瞪着眼前的男人。

男人本想破口大骂，一看是穿校服的少女，啧了两声：“你这个小女娃干什么？”像是恐吓般，挥手上前一步。

时深当即挡在小豌豆面前，隔开了这五大三粗的汉子。

小豌豆没有想到时深会在身后，看着他紧绷的冰冷下颌，心中升起了某种暖意的力量。

少年沉重而有力地替她回着：“你又想干什么？”

钟爸一看小豌豆还有同学，也将时深拉至身后，他跟男人赔笑：“高老板不好意思，误会误会，这是我家闺女。”

“哦，你女儿啊。”高老板看着小豌豆，冷哼一声，“倒是养得白白嫩嫩啊。”

钟爸一边弯着身子赔礼道歉，一边让小豌豆先回家。

“我不回。”小豌豆拉着爸爸的手，眼里有心疼，“爸，你跟我一起回。”

“你爸才不跟你回。”高老板怒气没消散，指着钟爸说，“你知道你爸到处借钱吧？拆东墙补西墙，他现在还要求我给他周转资金呢。”

时深也是一愣，他看着小豌豆微红的脸庞，原来学校里传的千金公主，并不是这么回事。但这是她家的私事，这样被摊在台面上来说，多少有些难受。

钟爸不想让小豌豆听到这些，拉着她的手说：“爸爸跟你回家，咱们现在就回。”

于是他就拉着小豌豆快速往车旁走去，身后的高老板还在叫嚣：“钟老板，明天再过来陪我喝酒啊，我心情好了，没准赏你一点！”

小豌豆只觉得胸口有一股火，越烧越旺。她听着这些侮辱爸爸的话语，不禁红了眼眶。大家都没有想到她会转身再次冲向高老板，这一次她直接拿下书包砸在他身上。

她从来没有这样失控过，几乎是咬牙切齿的，她一字一顿：“立刻跟我爸爸道歉！”

钟爸和时深都没有想到小豌豆会做这样的举动，时深第一时间将小豌豆护在怀里，防止受到伤害。钟爸站在中间拦着高老板，不停地在道歉。

高老板只是逞一时口舌，不想和小孩子计较，再加上四周有行人开始围观，他只得愤愤离去。

钟爸这才彻底松了一口气。

小豌豆趴在时深的肩上，硬是忍住了眼泪。

时深拧了拧眉，将手放在她的后脑勺，轻轻地摸了摸，他安慰道：“别怕，没事。”

这声别怕，像是从遥远星河坠落的火光，她不敢抓，却又憧憬。

可能要很久很久以后才会明白，时深的话是她宁愿毁掉心，也绝不放手的勇气。

小豌豆在离开时深的怀抱时，恢复了点情绪。她的眼睛很红，在拉起爸爸的手时，挤出一抹笑：“爸爸，我们回家。”

她懂事得让人心疼。

时深目送着他们离去，那抹瘦弱的身影让他的眉头迟迟舒展不开。

（16）

隔天早上，小豌豆把自己所有的零花钱都装到了信封里头，放在了餐桌上。

她为自己的无能为力而感到难受。

钟爸还跟她说这一切都是误会。在爸爸的眼中，似乎觉得女儿还是那个永远长不大的小朋友。但她还是长大了，甚至比同龄人更成熟，更懂得这世间的无奈。

后来，钟爸拿着那些零花钱，走到小豌豆的房间，轻轻放到书桌上。

他曾在小豌豆离开妈妈的那天就发过誓，要把这世界最好的东西全给她，让她的每一天都过成公主的样子。

钟爸原以为自己做到了，现在却觉得自己做得远远不够。

时深的目光从小豌豆进学校那刻起就没有移动过，早读课、做操、上课、课间，她都跟往常一样，没有什么过多的情绪变化。

原来同学们口中的拥有优渥家境的小公主，此时此刻象牙塔已经崩裂了，而且还在他的眼前。

她的冷淡漠然是维护自己的最后一道堡垒，或许在任何人不得见的瞬间，才会说一句痛。

时深感同身受，所以心疼。

他想跟她说句话，但又怕。

因为他知道，她的自尊心需要保护。

（17）

小豌豆课后找到程铭，问：“400 米男女混合接力赛能参加吗？”

程铭把记录本翻给小豌豆看：“这个项目限定四人，男生我已经定了。女生报名的有十几个，要参加预选赛选出跑得最快的两个。”

“预选赛吗？”小豌豆毫不犹豫地说，“我可以比。”

预选赛的操场上，风很大。

小豌豆将校服拉链拉到最上面，又紧了紧被吹乱的发尾。她环顾四周，来比赛的女生从之前的十几个增加到二十几个，程铭分了四组，以口哨为令，距离 100 米，谁先到谁赢。

北齐嘉怎能放过这么好的献殷勤机会，他给小豌豆捶肩捶腿，整了一套五星级的按摩。

时深就立在那儿，微微侧着脑袋，看着北齐嘉捶到她大腿的时候，抿抿嘴，随后用舌尖抵抵腮帮，双眸一眨不眨，像极了猎人死死盯住了即将逃跑的猎物。

那样子，戾气极重，超凶。

（18）

小豌豆顺利地在她的小组跑得第一，进入最后的角逐。

最后四个女生分别是小豌豆、赵木子、宋风晚，还有一个高个子女孩。

程铭很看好小豌豆，觉得她有爆发力，也很沉稳，速度在女生当中算快的。他特地上前鼓励了下：“加油，调整呼吸。”

“好的，谢谢。”

赵木子显然没想到小豌豆能跑那么快，她揉着手腕问着：“你怎么突然想要参加接力赛了？”

小豌豆淡淡一笑：“就是想跑。”

四人做好预备，程铭哨声一响，四人冲刺，但是高个子女孩抢跑了，最后就剩三人，小豌豆几乎是和赵木子同一时间到了终点，宋风晚稍晚一秒。

时深眯眼看着终点处的小豌豆，她似乎很开心，仰头笑着，还露出洁白的牙齿，阳光在她身上洒了一层薄金，拂拂手，就是迷人的光亮。

就这么开心啊。

时深挠挠鼻翼，先前积压心口的抑郁烟消云散，嘴角浅笑如涓涓温柔。

第四章 你也不看看她是谁的

小豌豆：我觉得你好像一款游戏啊。

星星碎：什么游戏？

小豌豆：我的世界。

（1）

所有参赛人员确定之后，班里开始组织集体训练。有一段时间，时深总是发现小豌豆跟在程铭身旁，他静静地看着，无须有什么动作，因为有人会冲在前面。

北齐嘉多次撸着袖子，龇着牙，高挑眉毛，鼻孔里都能喷出火来。他很不爽地看着眼前小豌豆给程铭递水的一幕："太过分了，家长我还在这儿喘着气呢，我非得上去棒打一下！"

时深懒洋洋地做着伸展运动，北齐嘉在他旁边蹭了两下，说："兄弟你别拦着我……"

"我没拦你。"时深一脸无辜地看他演戏。

北齐嘉是怕的，他害怕被小豌豆教训，但还是鼓起勇气走上去，挤在她和程铭中间，环着胸俨然一副家长模样。

"干什么离这么近？远点。"

小豌豆望着北齐嘉，就一眼，轻声说道："过去。"

"好嘞！"

北齐嘉的气焰一落千丈。

（2）

这边刚解决，那边不消停。

小豌豆去小卖部买水的时候，先是挑了一瓶矿泉水抱在怀里，刚要再挑一瓶饮料，怀中的东西就被人抽了去。

时深二话不说拧了盖就猛灌，好似干渴许久，迫不及待就要喝这一瓶。

他咕噜噜地仰头灌着，瓶中水逐渐减少，小豌豆有些担心他被呛着，蹙眉观察，显然眼前少年喉管够宽敞，连一滴水都没滴下来。

喝完，时深抿抿唇，将空瓶抛给小豌豆。

这样子表现，应该能代表对她爸爸的事情自己是毫不放在心上的吧？一切如常，该正面刚还是刚，毫不心软。

时深觉得自己想得没错。

于是两人短暂沉默，小豌豆从货架上拿下一瓶饮料，继而举起："你还喝吗？"

他突发小脾气，夺过来："喝，为什么不喝？"

时深盯着她嫩白的小脸，拧开瓶盖，仰头继续灌，而这一次，喝水的全过程他眼睛就没离开过她的面庞。小豌豆也不想追究什么，同班同学来讨两瓶水，她不是请不起。

更何况是时深，不定期地要跟她"作"两下。

小豌豆凝视眼前人，看来这造作的毛病是没有治彻底。

时深全部喝完，当即打了一个响嗝，脸上肉眼可见的红晕淡淡氲开。小豌豆轻咬下唇，她在极力控制自己不要当着人家的面笑出来。时深也不笨，面子突然受挫，他将空瓶又抛给小豌豆，像是从鼻腔哼出两个字来："给你。"

真的是转身就走。

小豌豆伸手从货架上又拿了一瓶，付钱的时候老板看着她一直在笑，也跟着呵呵两声。小豌豆发觉之后下意识地摸摸脸，正正神色。

程铭在接过小豌豆递来的水时，笑了笑道：“谢谢啊。”

“不客气。”

程铭喝了水，又说：“哦，对了，你想调换接棒顺序的事情，我们最终确定了。把你从第二棒调到第三棒。”

“哦，谢谢。”小豌豆不动声色。

程铭点点头，看着她手中的空瓶子说：“我帮你扔了吧。”说完伸手要去拿。

小豌豆躲过，淡淡一笑：“不扔。”

那两个空瓶，后来出现在了教室绿植旁，小豌豆按时用那瓶子盛水浇花，叶子上的水珠晶莹透亮，像极了那一日美丽的心情。

（3）

运动会那一天，偌大的操场上都是身穿蓝白校服的学生，个个身形高挑，精神爽朗，与那鲜艳的彩旗相得益彰。

男女混合 400 米接力赛的几组选手已经就位，二班的四位就是小豌豆几人，她看看身后，第一棒是赵木子，第二棒是北齐嘉，再转脸看看前方，第四棒是时深。

她是第三棒。

先前她向程铭申请从第二棒调到第三棒的。

在同学们的呐喊助威下，赵木子和北齐嘉跑得都很快，小豌豆堪堪握住接力棒，转身即跑。在那一头，时深已经做好准备，朝她伸出手。

距离很短，时间却仿佛被放慢。

小豌豆赛前一直想跟时深说些话，那些话是突然涌上的心口，像肉眼不得见的微刺，挠得她发慌。因为心里想着事，小豌豆在离时深还有二三十米的时候险些打趔趄，时深手心突地冒汗，他的左手也情不自禁地伸了出来，以拥抱的姿势。

场景在两人眼中再度放慢，像是漫画一般美好。

时深紧张到可以听见自己的心跳与呼吸，小豌豆朝他奔跑而来，那么不顾一切，眼中只有他一人。越来越近，小豌豆喘着气，在将棒子交到他手中的时候，突然扬起嘴角，比三月的花还要娇嫩美丽。

她突然说：“欠你一次。”

这句话比谢谢还要意义深厚，在她的心头压抑了许久。

原来她还是把那件事情放在了心上，即便时深表现出什么都不知道的样子。她从来不在意别人的看法，可那日偏偏是他，目睹华丽的外裳变为泡影。

但他丝毫没有嫌弃，还保护了自己。

不管两人之前是不是有些不愉快，小豌豆觉得，在这件事情上，她该道谢。

时深那一刻如置无人之地，四周都是空旷的，甚至听不到任何声音，眼前的小豌豆只是笑着，发尾从她额下缓慢擦过，蓝白色校服干净柔软，她的指尖，也是温暖如春。

他有一瞬是蒙的。

如若不是操场边的同学疯狂在喊他的名字，也许他就沉浸在自己的世界中不能自拔。他回以同样的笑容，说出的“没事”也被流动的风给吞没了。

高一（2）班男女混合接力赛在时深的冲刺中夺得第一名。

比赛结束后，是北齐嘉上台领的奖状。台下时深和小豌豆并肩而立，他们之间有种无法言明的情绪，在纠缠、在抵抗，但这并不是坏事，至少小豌豆这样想。

两人之间的隔阂，就此开始松动。

（4）

元旦临近，小豌豆收到了好多同学的贺卡，每天抽屉里、书本中夹得都是。

下课后，小豌豆去小卖部闲逛，店里摆了很多新年贺卡，但好看的不多。她抽出一张水蓝色的，上面是两个卡通人物，看起来挺可爱的。她正想翻过来看时，被人抽走了。

她回身，是班长宋风晚和叫潇潇的女同学，抽走她贺卡的是潇潇。

“这个我喜欢，我要买。”潇潇说。

小豌豆不语，直接伸手要取回，被潇潇躲开：“干吗？”

“这是我的。”

潇潇说：“凭什么说是你的，你又没付钱。”

小豌豆不想与同学结怨，尤其还是跟宋风晚玩得好的人。她与宋风晚，各自气场不合，既然不是处朋友的料，也不能把关系弄僵了，不然这抢走班长的谣言又要沸腾了。

于是小豌豆回道：“你喜欢直接说就好了，这种东西多的是，我不会抢的。”

“我知道你什么都不缺，但这东西在谁的手上就是谁的，哪儿来抢不抢的。”潇潇翻看着，然后碰碰宋风晚的臂膀，“对吧？”

宋风晚点头，显然是在帮衬着潇潇。

潇潇还在得意，晃着贺卡，可晃着晃着不见了，再回头，贺卡落在时深手里。

看清来人，一张冷脸写着生人勿近，潇潇小声说道："时……时深，这是我的贺卡。"

"你的？"时深直接把贺卡抵到潇潇眼前，吓得潇潇以为他要打人。毕竟以前听说时深打过人，据她得到的十八手消息，时深还曾在街头混过，是曾追着人从学校一路打到外滩，连眼睛都不眨一下的"恶霸"。如果不是学习成绩好，早就被开除了。

他应该不会打女生吧？潇潇怕怕地后退一步。

宋风晚觉得时深曾投过票给自己，是自己一边的，于是她套近乎："时深，你别闹了，还给潇潇吧。"

"你是谁？"

时深的话让宋风晚一愣，他看看贺卡继续说："在谁的手中就是谁的，我要了。"

于是他毫不客气地拿着贺卡走了。

潇潇气得脸色通红，又不敢反抗，只得小声跟宋风晚抱怨："他怎么这样啊，太霸道了！"

宋风晚做"嘘"的手势，眼神示意人没走远，不要说了。

那天放学，小豌豆收拾书包，一打开，发现一张贺卡。

是时深拿走的那张。

上面用钢笔写了几个字，隽秀有力：新年快乐。

她急忙回头，看到的只是时深离去的背影，于是喊了声他的名字。

他戴着耳机，仿佛听不到任何声音。

（5）

准备期末考试的那段时间，下了两场大雪，教室窗外的树枝被压弯了腰，天气稍微回暖融化了点，夜晚过后又落得白茫茫一片。

天气越来越冷，坐在窗边的一些同学开始拿胶带把窗户的缝隙给封上。

时深进教室的时候，班上没几个人，他拿着白色宽胶带走到窗户边，停在一个位置上。那张书桌摆得整洁，鹅黄色的笔袋上印着几颗星星，映着光便一闪一闪，本子是摊开的，笔滚到了桌沿边，只消给点微力，它就能滚下去了。

时深将笔放在本子里，再将本子合起放好。他撕开胶带粘贴在窗户侧边，仔细地按着玻璃，让胶带和玻璃更好地贴近。只是十几秒，他就做好了这件事情。

回座位的时候，小豌豆与他擦肩而过。

她出去接了杯热水，回到座位上就继续写作业。大概过了几分钟，她像是感觉到了什么，抬头看了眼窗户，发觉耳畔没风了。

再稍微细看，她顺着时深摸过的地方，指尖一点点在玻璃上划过，原来被谁给胶上了。

随后她便安心写起作业。

时深悄然收回目光，摊开书本，嘴角噙着笑。

（6）

刘老师让大家自行分成小组学习。

北齐嘉甚是活跃，他的小组织又可以顶着学习的名义嗨起来了。

赵木子很认真地要学习，她之前愁眉苦脸地跟小豌豆和时深拜托着：“两位大神，可一定要好好带带我，这期末考不及格，我妈都不让我吃年夜饭，还罚洗碗，把红包都给我弟弟。”说完转头问北齐嘉，“你呢？”

北齐嘉耸肩：“我没事啊，就吊起来打一顿，饿三天就好了。”

赵木子拱手：“大爷，小爷服！”

时深和小豌豆被逗笑了，随即发现对方都在笑，两人注目间，感觉周遭一切纷杂都静了下来。时深就那样不管不顾地望着她，眼中似有一片深海。小豌豆终是抵不住，垂下眼眸。

小豌豆例行去外面接水喝，不知道时深也在身后，待看到他的时候，一不留神，杯子里的开水满得溢出来了。时深手快，从她手中将杯子拿走，她被烫得叫出声来，把手放在耳朵上降温，也不知是跟自己说的还是跟时深。

她说：“好烫哦。”

“没事。”时深这样说。

他说着就把小豌豆杯子里的水全部倒进了自己的杯子里，将空杯递给她，转身走了。要是小豌豆没听错，她还听到一句：“小猪不怕烫。”

这个人还是个坏人啊。

（7）

期末考试的最后一门，小豌豆要把答案字条传给北齐嘉，谁知手劲不够，给扔到了时深桌上，考试的座位都是老师们随机打乱安排的。

时深看着旁边的北齐嘉在给自己做口型：“给我，给我。”

他又朝小豌豆方向瞥了一眼，姑娘家一脸单纯无害的表情。时深这个忙帮得很不情愿，在举手扔给北齐嘉的时候，很不幸被巡查的年级主任给逮到了。

“又是你们俩啊！监考老师，给我盯死他们，考完来我办公室一趟！”

时深内心又是一声长长吁叹，他再次看向小豌豆，某人漂亮的眼中有调皮色彩。

该。搬起石头砸自己的脚。

办公室里，主任问时深为什么要作弊，时深说：“他非要抄我的，我没办法。”

北齐嘉瞪大眼睛：兄弟，睁眼说瞎话不怕遭雷劈啊。

时深眼神回敬：要不你来？

北齐嘉当即就扑到主任怀里：“老师啊，你怎么罚我都认，可千万别喊我爸来啊，他不仅把我往死里打还要剥皮抽筋晒干啊……”

（8）

放假那天下午，同学们考完试也都解放了。初音又跑去赵木子旁边看小说，时深拎着一个本子和笔坐到小豌豆旁边。她正忙着记录寒假作业，时深在一旁撑着脑袋转着笔，面前的纸上居中写着“检讨书”三个字，紧接着底下是“尊敬的老师”，再没有了。

过了十几分钟，时深都没憋出其他字来。

小豌豆做完自己的事情后才开始关注他，自习课上小声说话的同学很多，所以教室里并不是很安静。小豌豆微微低头，降低声音问道：“是和北齐嘉作弊那个检讨吗？”

“不是。”

时深还撑着脑袋，抬眸望着她的小脸，很认真地纠正她：“是和你作弊的检讨。”

说得大剌剌的，毫不掩饰。

小豌豆静静地看他，也不怕被拆穿，于是说道：“都一样。”

时深“嘁”一声，才不一样，和某人作弊是心甘情愿，和某某人作弊那是看在某人的情面。时深抚平作业本一角的褶皱，不与她做多余争辩。

小豌豆看他提笔收笔，似乎还在斟酌检讨的内容。教室后墙上的钟表快要指到五点半，她想了想，直接开口：“我说你写。”

时深听闻，挑挑眉，漂亮地转了两下笔：“好。”

(9)

“本人作为二班的尖子生，视校规为无物，对此次帮助同学考试作弊一事深感愧疚。”小豌豆轻启唇瓣，那双眸子能流淌出月光来，时深握着笔注视着她，好看是好看，但怎么感觉怪怪的呢？

时深没动，小豌豆提醒他：“快点写。”

没办法只得照做，谁让他憋了半天正文一个字写不出来。

他开始落笔，听着小豌豆的口述，快速写着：“我深刻认识到事情的严重性，觉得十分有必要向老师们承认错误，我不该仗着自己学习成绩好就为所欲为，要为自己的高傲自大进行反思，我太不理智太欠缺思考了……”

时深边写边蹙眉，不对啊，感觉像是谁对他的怨恨啊。

他停笔，又开始打量小豌豆，她倒是一脸正气，眨着眼睛无辜地回望，用一贯淡然的语气说道：“都是实话，老师看起来顺畅。”

时深：“……”

时深只得咬牙，倍感“屈辱”地写下那封洋洋洒洒的检讨书，最后跟小豌豆说谢谢两字也是从鼻腔挤出来的。

下课后和北齐嘉两人马不停蹄地去送检讨，北齐嘉瞄到他那长长一页，无比崇拜地抱拳：“好文章啊，写得好啊，兄弟。”

“滚。”

时深缩了缩手，反盖住，不让他看了。

经过学生楼和教师楼连接的走道时，北齐嘉趴在阳台上冲楼下的一帮学生挥手，他将检讨书卷成筒状，放在嘴边大喊：“豆子豆子，假期我去找你玩啊。”

小豌豆背着书包已经快走到大门口了，她闻声回头，远远看着楼道那里站着的两人，北齐嘉肢体语言丰富，挥动的手臂戳到了时深的脸，不用看清也知道，时深是满脸的嫌弃和不耐烦，他转身就走，不理北齐嘉了。

只不过，中途他侧头看了一眼。

小豌豆想也没想，挥了挥手。

（10）

寒假的某天，北齐嘉就坐在时深的家门口，时深开门扔了一个橘子。

“你要赖在我家到什么时候？”

“不是马上要吃午饭了吗？”北齐嘉开始剥橘子皮。

“你爸就找不到我这儿？”时深问。

北齐嘉回："那当然。你家地址我谁都没说，我爸现在肯定就在豆子家附近逮我呢。他以为我一犯事就那一处地方藏，殊不知狡兔三窟啊，哈哈哈！"

自打北爸看到北齐嘉藏在卫生间的期末成绩单后，气到血压飙到160/180，头疼了好几天，然后北齐嘉就东躲西藏，在小豌豆家里窝了几天转战到时深家来。

时爸时妈从来没见儿子带同学回来，更是好吃好喝地伺候。北齐嘉四仰八叉地躺在时深的床上吃着水果，吧唧着嘴说道："干妈切的水果就是好吃。"

时深伏在书桌上写作业，沉着脸。

刚才在客厅、厨房已经见识到北齐嘉哄妈的好手段，依偎在身旁撒娇撒痴，一口一个"干妈"腻到发齁。

吃饱喝足，开始聊天。

北齐嘉满足地"哎呀"一声叹："还是你这儿好，豆子家里空落落的，她也不跟我说话，我住她家那几天，保姆做的饭也不合胃口。"

见北齐嘉开始说起小豌豆，时深这才跟他搭话："你在她家住哪儿？"

"她房间啊。"

时深背对着北齐嘉，他将圆珠笔拍在桌上，回头。

"跟她住一起？"

北齐嘉嘴里嚼着东西，"嘁"了一声："什么啊，她睡客厅。"

这个回答更不得了，时深扬眉："脸还要吗？"

"我……我平时……"想了半天，北齐嘉挠挠头，"反正豆子对我好，她担心我睡沙发不舒服，我这段时间腰不太好。"

“我看你脑子也不太好。”

北齐嘉吃完最后一口，整个人在床上躺平，望着上方的圆形灯具很是感慨。他说：“你不懂啦，像我和豆子这种没娘的孩子，都缺爱。”

时深听到这话尤为吃惊，北齐嘉很小的时候妈妈因病去世他是知道的，但是小豌豆的妈妈这事从来没听说过。

“她妈妈什么时候去世的？”

北齐嘉一个弹起，瞪着他：“拜托，人家妈妈还在世，只不过是跟她爸离婚了而已。”

“哦。”时深这才松了口气。

后来北齐嘉要去打台球，时深本来不想去，脑中灵光一闪，他决定要去。他还跟北齐嘉说：“要不把赵木子也叫出来玩吧。”

“好主意，正好把我们家豌豆也叫出来。”

时深“嗯”了声，好整以暇地开始收拾书桌。

显然是他的套路。

（11）

曾在放假前，小豌豆给妈妈裴灵打了一个电话。爸妈离婚之后，妈妈就定居新城去了。电话里她给裴灵汇报自己上学期的总体成绩，裴灵也许是无意地说了一句：“不是第一啊。”毕竟初中以前，女儿一直名列前茅。

小豌豆黯了神色，绞着座机的电话线轻轻“嗯”了声，但又补充一句：“我会努力的，我可以得第一。妈，我想问你什么时候……”

裴灵突然就打断她：“不是第一也没关系，咱们太优秀别人怎么活啊。我女儿长得漂亮就是高高在上，就像我拥有如此美貌，是你爸永远得不到的女人！”

今天是孤独求败，明天是东方不败。

母女俩的沟通已然不在一条线上，每一次打电话，裴灵总要将钟爸编排一顿，小豌豆静静地听着两人已经蒙尘的过往，相爱相杀多年，却不复婚。

“岁月那把杀猪刀在看到你爸时，特地磨得锋利了些，闺女啊，咱以后找对象一定得以你爸为警示啊……”

小豌豆还想问裴灵什么时候能回来看看，又一次被裴灵的自说自话给阻拦了。挂了电话后，小豌豆坐在沙发上发呆，钟爸依旧不着家，保姆做了饭就走了，她感受到从未有过的落寂。孤独织起了一张密网，将她牢牢盖住，连呼吸都找不着口子。

（12）

小豌豆从菜市场回来的时候，就看到家门口站着一人。

他穿着黑色羽绒服，围着米色围巾，藏蓝的牛仔裤底下卷了两道，露出一截脚脖子，白色的运动鞋一点灰都没有。虽然他的衣品不错，但是，这么冷的天还露肉。

有点骚气啊。

小豌豆冻得打了个喷嚏，时深闻声回头。

只是二十多天没见，却感觉隔了三个深秋，小豌豆没有扎马尾，而是梳了两条辫子，安静地置在耳窝后。她穿着鹅黄色卫衣，衬得皮肤雪白，看起来水灵灵的。

小豌豆对于时深的出现还是较为惊讶的，她拎着菜走近他：“时深。”

“嗯。”

时深近距离看着她的脸，没有多余寒暄便说：“北齐嘉让我来找你去台球室玩，他打你家里电话没人接，就让我过来。”

“他又跑去你那儿啦？”小豌豆突然笑了下。

时深微微愣住，又“嗯”了一声。

小豌豆继续说着：“没给你添麻烦吧，叔叔说找到他就要把他扔房顶上。”

“那赶紧把他扔房顶吧。”

他站在这儿，一点都不想听她说北齐嘉。

小豌豆感受到他散发的一丝郁闷，不再多言，手中的一把芹菜和几个西红柿晃呀晃，两人站在暖阳之下，静默了半会儿。

小豌豆想了想，又问了句：“你怎么知道我家的？”

时深的眉眼这才有笑意：“你傻了，刚才说了是北齐嘉让我来找你的。”

小豌豆吃亏，只能暂且忍下。时深又催了一下：“你把东西放回去，跟我走吧。”连问都不先问，显然是不让她拒绝。

小豌豆只得回家，将东西放好又穿了个棉外套出来，在拉拉链的时候忍不住打了个喷嚏。其实海城的冬天并不是很冷，但是湿气有些重，她穿再多也觉得身上冰冰的。

她正给手呵着气，时深就往她的脖子上绕了个东西，米色的围巾。

时深认真地给她围着，还在后面打了个结。小豌豆就是想扯也扯不下来，她缩着脖子，嗅到了淡淡的香味，是时深身上的味道。

她摸了一下围巾，软软的，很暖和。

他做什么事，都不喜欢别人说不。

时深见小豌豆的整张脸都被围巾包裹着，只露着一双眼睛，有些探究性地眨了两下。她说：“谢谢。”声音细若蚊蚋，最终低头埋入颈窝。

这一举动，让时深心如阳光，明媚又灿烂，但嘴上还是忍不住贫：“练功夫的人也怕冷啊？”

小豌豆内心叹息：“我练的又不是金钟罩铁布衫……”

两个傲娇少年双双上线。

（13）

开学之后，赵木子从家带来了很多好吃的糕点，召集了小组成员在教学楼的天台聚餐。教学楼的天台是赵木子无意间发现的，门上挂着的锁是唬人的，一拽就开。

四人晒着太阳，吃着糕点，一字排开，享受着这秘密基地带来的乐趣。

秘密基地除了用来吃东西也能聊是非，赵木子每次上来说起各种小说电视剧剧情滔滔不绝，念起哪科老师也都是一箩筐的怨言。

北齐嘉就觉得很好奇，他问道：“你们女孩子整天哪那么多话要讲？上课坐一起讲下课一起讲，上厕所还要一起讲，烦不烦啊？”说着摸摸身旁小豌豆的脑袋，笑嘻嘻地说，“我家豆子就不一样，人美话少。”

时深盯着小豌豆头上那只“爪子”，默不吭声地将奶茶的吸管用力往上一戳，吸管上的塑料膜就往下脱落，连小豌豆都感受到那股重量了。北齐嘉抱着手号叫：“时深！你拿老子的手当硬桌子啊！”

那杯奶茶，就在北齐嘉的号叫声和赵木子的嘲笑中，摆在了小豌豆右手的位置。

少年们感觉春光无限，就该拼命挥洒热汗与爽朗地笑。小豌豆这才觉得，高中生活比想象中的还要精彩，身旁的人有趣有情义，点点滴滴都将被她珍藏心中。

这些可爱的人啊，还有一个沉默的他。

（14）

春日回暖，同学们跑完早操又加了一项仰卧起坐。刚开始的时候大家都兴致盎然，后来越做越烦，很多人就觉得帮忙按住脚的人让自己一点动力都没有。

程铭就会随机给大家调整，宋风晚看到时深走过来的时候正激动呢，就被赵木子给拦截了，时深微微侧身站到了小豌豆面前。

宋风晚抱头起身，数了多少数就朝赵木子翻了多少白眼。

赵木子伸手去揪她的眼皮：“原来鱼在死之前眼皮是这样翻的啊。”

两人争吵半天，不欢而散。

后来北齐嘉给换过来了，小伙子热情地吹捧宋风晚，她的脸色这才缓和点。待满数要对换的时候，宋风晚站起来走了两步没到，就发出“啊”的一声，面朝大地结结实实来了个亲吻。

原来她的鞋带不知何时让北齐嘉给系一起去了。

北齐嘉给赵木子出了气，两人隔空做了个碰拳竖大拇指的动作，意为兄弟优秀。

宋风晚又气又急，大家有的说笑有的指责，倒也热闹。

时深两耳不闻，专心地按着小豌豆的脚。

她今天穿了一双单薄的白色帆布鞋，干干净净。时深觉得她的脚应该很小，毕竟他一只手掌轻松就给全覆盖住了，她的脚脖子也很细。

摸着有点温热。

甚至还有些丝滑？

想到这里，他就红了脸，手也没按紧，小豌豆噌地起身，撞上了他的脸。

速度太快，小豌豆只觉得自己的唇瓣擦过什么，还来不及多想，就听到时深闷哼一声，捂住了口鼻。他拧着眉，深深地看着眼前这个罪魁祸首，还一脸不知发生了什么的人。

小豌豆内心有些波动，暗暗思忖刚才嘴唇碰到了什么。

直到一滴滴的鲜血从时深的指缝中流出，她这才慌忙起身，从口袋里掏出面纸递上：“对不起啊。”她自己都没注意到，递纸的姿势是依偎在他身旁的。

时深一言不发地接过，小豌豆就是怕他误会，继续解释：“这次我真不是故意的，即便是故意的我也不会磕你的鼻子……”

两人暗自较量那么多回，一点风吹草动都要警惕。

“不磕鼻子，难道要磕爆我的头吗？”

小豌豆觉得他还能回击，证明没有大碍。看着时深止住鼻血，两人有片刻的静默，也算是休战吧。就在时深起身要去清洗一下的时候，他扭过头极其认真地问了一句：“你的头是铁打的吗？”

这短暂休战也太短暂了。

小豌豆回他：“反正不是面团捏的。”

脚下葱葱草地是天然的绿毯，两个少年对立而战，就像两朵可爱的小黄花。

风真软，阳光也好暖。

（15）

那天放学，北齐嘉和赵木子从刘老师的办公室受训出来了，好像是宋风晚气不过，将两人给告了。小豌豆走的时候，二人还在教室外的过道跟宋风晚耍贫。

北齐嘉问赵木子：“你知道皮卡丘站起来变成了什么吗？”

“变成什么？”

“皮卡兵啊。”

北齐嘉故意冲宋风晚挤眼，学着她摔倒后走路的样子：“跑起来就是皮卡乒皮卡乓皮卡乒皮卡乓皮卡乒皮卡乓……”

“哈哈哈，我的头要笑掉了。”

两人讲着段子一唱一和，小豌豆都听得无语，更别说宋风晚了，于是包括自己在内，被人家点评为刺头。宋风晚撂下这句气冲冲地走了。两个朋友笑得张狂，小豌豆神情严肃，他们吐吐舌头，就地散会。

时深走得慢，小豌豆下楼后没几分钟就碰上了，经过学校门口新开的一家药房时，门口的喇叭喊着“开业大酬宾消费满八十送一斤鸡蛋”。小豌豆看看某人的鼻子，说等一等。

一会儿，她拎着药品出来，时深正为她的举动感到满意。

她说：“送的一斤鸡蛋，拿回去补补吧。”

时深：“……”

（16）

而后有一段时间，赵木子和北齐嘉依旧合力整蛊宋风晚。

宋风晚知道他们在恶意报复，奈何他们太皮，老师的训诫都不顶用了，只能眼睁睁看着两人挥动四肢，做海藻状：“来呀，造作呀。”

这两个活宝动不了，宋风晚就变相地把气出在了小豌豆头上，发作业本、做值日，总能在鸡毛蒜皮的小事上找她麻烦。

时深收拾书包，慢悠悠地往讲台走去，小豌豆正在擦黑板。

突然凌空飞来一个不明物体，直击小豌豆后脑，所幸时深手快，堪堪握住。原来是北齐嘉朝他扔了个六色魔方，险些偏离航道误伤他人。

北齐嘉没心没肺地跟小豌豆咧嘴笑：“哟，值日啊，时深走，去你家打游戏。”丝毫不知道别人因为他的玩闹即将要给他穿小鞋了。

小豌豆回头看了眼时深，他就站在自己身后，低头拧起了魔方。

时深在心里默数，第七秒的时候小豌豆擦完了黑板，他也完成了还原。

少年像是报复似的，突然冲北齐嘉扔去。被击中脑门，北齐嘉疼得嗷嗷叫。

“你什么时候把速拧的口诀教给我？普及大众，惠及民生，不能私藏啊。”

时深没有回话，倒是看向小豌豆，面无表情地问了一句：“怎么老见你值日？”

“光荣。”小豌豆头也未抬。

回座位收拾好东西后，北齐嘉还撒娇缠着时深说普及一下，小豌豆都受不住了，她觉得“天降大任于时深”，是该鼓励和提醒下："你天天带他打游戏，确实有责任好好给他普及一下，比如鲁班，那是一位木匠，而不是射手带疾跑走下路。"

北齐嘉蒙了，看着时深眨眨眼，待小豌豆走后才敢小声问："鲁班什么时候成木匠了？"

时深霎时觉得头好痛，他扶额半晌，这才说道："你又怎么惹她了？"

"没有啊。"天地可鉴，北齐嘉歪着大拇指可豪迈了，"我知道她不喜欢宋风晚，还顺道给治了一下。怎么，再来一下？"

"……"

（17）

物理课上，刘老师想起办公室里的试题卷没拿，课代表也生病请假了，于是就让班长去拿。就此他就多提了一句："都忘了说，咱们这学期所有班干部都不变，大家没意见吧？"

同学们当然没什么意见，刘老师也只是这样一说，就都各自忙着。偌大的教室静悄悄，刘老师刚把书本合起，只见时深举起了手。

"我有意见。"

他的声音不大，却很有力量。

全班同学统一回眸，在大家不明所以的注视下，时深咧嘴一笑："老师，我要做班长。"

他轻描淡写的一句犹如在深海里投弹。不是说选班长是多么吃惊的事情，而是时深作为男生，公然要拉女生宋风晚下位，青春期的少年们，早就在脑海里快速猜测诸多可能性了。

当初宋风晚能做上班长，时深是出了力的，两人即便交流不多，大家都会以为他们的关系不错。而现在时深的做法，让不少人觉得，他与宋风晚之间是不是某种关系破裂了。

宋风晚在众多男生的起哄声中红了脸，她深深埋着头，哪里都不敢看。

刘老师显然也很惊讶，平时那个乖乖少年此刻是乖戾少年啊。

北齐嘉站起身来就是一阵鼓掌，他望着自家兄弟，甚是崇拜：“好，好，特别好。”

时深的提议在班里炸开了锅，这开学都有一阵子了，他怎么突然想要做班长了？赵木子更是夸张，她甩甩头发，还远远地朝小豌豆挑眉：怎么样，我同桌是不是霸气冲天？

小豌豆被刘老师敲黑板擦的声音拉回，所有人都看着刘老师。此时要听民声，于是刘老师就在黑板上把时深和宋风晚的名字写上，问还有没有人竞选班长。

同学们是要看戏的，当然没人提名了。

于是所有人开始投票，在纸上写下要支持的那一位，全部送到讲台上。刘老师念到谁的名字就在黑板上写“正”画横，时深与宋风晚的票数差距太过明显了，一直以好几个“正”遥遥领先。

不出意外，时深取胜。

（18）

时深，变成了班长时深。

小豌豆看着面前的作业本，透着光线，隐隐约约能看见上一张纸印下来的字迹，有个三点水，安安静静地落在那儿。

因为时深做了班长，北齐嘉和赵木子觉得有了底气，也就不把宋风晚放在眼里，自此大路朝天各走一边。事后，宋风晚还找过时深，当时教室里人不多，就算看见的同学也都装作没看见。

宋风晚很不服气，问时深：“我是不是哪里得罪你了？”

时深没有回话。

宋风晚觉得自己的班长之位丢得不明不白的，很不甘心。

“时深，我有些建议想要给你。你成绩那么好，跟北齐嘉那个吊车尾的混在一起不觉得跌面子吗？还有那个赵木子，没有一点女孩子的样子，她做你同桌只会拉低你的档次。他们是不是觉得我跟你处得好就背地里说我坏话了？”她又想到什么，表现得很生气，“最让人讨厌的是那个钟浅……”

时深一个眸光扫去。

“两点：第一，别造谣我跟你处得好；第二，你说谁都行，钟浅不行。”时深好像不开心了，他一不开心就步步紧逼，极具挑衅，“你讨厌她是吗？那真是太好了，我就怕你喜欢她。”

宋风晚被唬得愣愣的，等想明白的时候又不敢多言。

眼前的人吓得大气不敢出，时深果断下了最后通牒：“欺负人，你也不看看她是谁。”

自此以后，宋风晚与时深一行人，即便往来，也绝不多话。

第五章

他很好哄的

小豌豆：时先生，你可知苦海无涯？

星星碎：然后呢？

小豌豆：回头是我啊。

（1）

小豌豆从试卷中抬起头来，窗外的紫玉兰、白玉兰开得正欢，很多同学都不知道外头种的是玉兰，初开的时候曾引起大拨人围观。

她回回神，重新做题。

今天月考，所有同学屏气凝神，双眼锁定题目，笔尖在纸上圈了又圈，写了又写。小豌豆复习得不错，基本上没出现什么大问题。

赵木子多次向小豌豆发来求救信号。因为有了上次北齐嘉事件，小豌豆还是很小心的。她见机抛了一次，后面老师盯得严，没有再轻举妄动。

出成绩的那天，小豌豆查看排名，名次终于有所浮动。

她排名第二，时深排在第三。

小豌豆在学习上并不是天才，她只是花了比常人更多的时间去琢磨，能取得现在的成绩已经很厉害了。在班会上，刘老师就是这样表扬她的。

周日她的舞蹈考级顺利通过，加上此次月考的成绩，她心情不错，就独自跑到教学楼的天台去吹风，却不想还有意外收获，偶遇了一只小奶猫。

小豌豆当即回教室去，再次回来的时候，整个小组成员出动，拿着水和食物。

赵木子试着给小猫咪喂东西吃，北齐嘉看了看四周说：“这一片天台都是连着的，估计是母猫叼过来的。”

小豌豆问：“那母猫还会回来吗？”

“估计会吧。”

北齐嘉动手能力超强，在天台上给小猫咪搭了个窝，拿了不用的试卷给它铺着。两个女生崇拜地跟着北齐嘉，跑前跑后协助。而那个不喜欢小动物的时深，则一脸嫌弃地擦着刚抓过猫咪的手，拍了几下不算，还在校服上擦了又擦。

时深离他们远远的，待看到小豌豆冲北齐嘉眨着灵动的小眼睛的时候，轻哼了一声。

（2）

猫咪暂且养在天台，是想等母猫回来把它叼走，但很多天过去了，也没有踪迹。

小豌豆几人轮流上去给小猫咪喂食，后来他们开小组会议，商讨小猫的落脚问题。小豌豆将猫咪放到怀里，它钻上钻下，顶着圆圆的小脑袋来回蹭。

时深环胸，怎么越看这小东西越不正经？

小豌豆不能把猫带回家，因为钟爸对动物毛过敏。赵木子望天说道：“我家里养了个弟弟，凶悍得很，猫咪去了准没好日子过。”

北齐嘉苦恼：“我更养不了啊，之前我养了只小鹦鹉……唉！”他捂脸，示意小豌豆接话，“你跟他们说小鹦鹉怎么了。”

小豌豆就说：“他跟鹦鹉一起睡觉，早上起来发现，把鹦鹉给压扁了。”

时深忍不住笑出声来，北齐嘉一脸哀怨地望着他：“那么悲痛的事情你怎么还能笑得出来啊？”

“就是啊。”赵木子投去不满的目光，“小猫咪你也不来喂。”

所有人看着时深的眼神都在说：你这人太没爱心了。

小豌豆也看不过去，索性把猫咪从怀里掏出来放在了时深的肩上。时深当即四肢僵硬，猫咪嗅着他的脖颈儿，伸出小舌头舔了几下。

“你……把它给我拿下来。”

小豌豆起了玩心，点点猫咪的脑袋说道：“快，叫爸爸。”

一旁人都笑了，开始起哄。

时深无奈地瞥了小豌豆一眼，正把猫咪揪下来的时候，后方传来开门的声音，大家还没反应过来，主任跟两个老师就发现了他们。

主任“呦”了一声，指着时深和北齐嘉：“怎么又是你们两个！全部！给我到办公室来！”

（3）

本来主任上去是安排人把天台清理干净，并且要换锁，他担心有学生上来，果不其然，已经有学生混进去了。

主任跷着二郎腿，拍着桌子训诫时深几人，唾沫星直飞，四位同学集体后退一步。猫咪还在主任办公桌上来回翻腾，后来主任说累了，端起水杯喝了一口水。

北齐嘉轻轻举起手来。

主任瞪他：“干什么？”

“那个，您的水杯被猫给喝过了。”

主任回头看，猫咪乖巧地蹲在书案上，舔着小爪子，整个嘴边都是湿漉漉的。主任那个气呀，拍着桌子跟时深说：“去把你们班班长给我叫过来！”

时深上前，面不改色：“我就是。”

（4）

养猫事件闹到最后，还是刘老师出面将四人给领了回去，但在处理猫咪的时候，大家都很头疼。刘老师提议把猫咪放学校食堂那边散养，说那边有很多流浪猫。

小豌豆多次想要开口拿回来，但一想到爸爸就没了辙。

时深就站在一旁，看着她不知所措的神情，心中突地一软，无奈地开口：“给我吧，我拿回家养。”

众人齐刷刷地看着他，小豌豆亦是。时深扯扯嘴角，算是回应他们那不可置信的眼神。

放学回家的路上，小豌豆走在时深的身后，那只猫咪就装在时深的书包里，拉链开了口，它扒在边缘，努力睁大眼睛看着外面的世界。

在路口不得不分别的时候，小豌豆依依不舍地将时深的书包拉好。

时深扭头看着书包，还摆动了两下。他说：“坐好，跟哥哥回家。”而后又道，“跟阿姨说再见。”

小豌豆：“……”

披着狼皮的小奶狗又要上线了，小豌豆突然就活动了脖子，脚尖在原地画了个圈。时深眯眼，这是在做踢腿的准备吗？

“这位阿姨看起来真年轻，有十二岁吗……”

时深艰难地扯扯嘴角，生怕被某人给踢趴下。

“这位哥哥几岁？”小豌豆面无表情。

“说笑了，年纪大，是叔叔。”

适当屈服，是为了更好地再战。

（5）

时爸时妈蹲在阳台看着那只蜷成一团的猫咪，懵懂地转转眼珠子又沉沉睡去。

时妈说：“明天我给它拿些羊奶喝。”

时爸点点头，摸了一会儿又问：“他从哪儿弄回来的？”

“说是学校。”

“嗯，儿子真变了，上次带了个人（北齐嘉）回来，这次带了只动物。”

时妈附和，抓着时爸的手说：“儿子的眼光就是比我们好。当初非要上致远念高中，现在一看果真比二中好。”

“就是就是，架也打了，朋友也处了，挺好挺好。”

夫妻俩很是满意，看着熟睡的小猫咪瞬间乐开了怀。

（6）

致远高中部近几日提出了下学期要文理科分班的事情，刘老师给大家也传递了这个消息，还发了分科意向表。

北齐嘉问起小豌豆，她很实际：“我可能要选文科吧，听说文科作业少一点。”

“你还害怕写作业啊？”赵木子说。

她摇头："我想考舞院，需要更多的时间。"

小豌豆很清晰自己的目标，更何况钟爸培养她这么多年，自己更该加倍努力不让他失望。大家都觉得小豌豆开启了人生方向标，而他们还在路口转圈，但其实，小豌豆有了方向之后比旁人都要彷徨，因为她害怕这条路走得孤单，走得不安顺。

时深捕捉到她眼底的小情绪，合了书，继续听着大家的选择。

北齐嘉说："那我也要选文科，反正我的文科理科都一样好。"

赵木子白了他一眼，笑话他："都一样好差吧。"看时深不说话，她顺道问，"时深你选什么？"

小豌豆也在听着，时深靠在桌旁，被点名后才动了动，他回道："还没想好。"

"他肯定选理科啊。"北齐嘉趴在桌子上呵呵笑，捧着脑袋说，"反正我不管，我家豆子在哪儿我就在哪儿。"如果他有尾巴，一定早摇上天了。

（7）

下午的自习课，初音例行和时深换位置。

两人安静地写着作业，过了一会儿，小豌豆先开口，她小声说："你要选理科吗？"

时深就在等她的问话，侧眸反问："你觉得我该选哪个？"

"你学理科好。"

"所以——"时深放了笔，转过身来，"你就选文科了。"

小豌豆微怔，一时间摸不清楚他的深意，也就不再回答了。她低头往抽屉里翻练习本，想要找练习本上记着的课程表，翻来覆去，心有躁意，怎么都没找到。

小豌豆喃喃：“课程表……下节什么课？”

她可能不想与他搭话了。

窗外的紫玉兰开得正好，彼时小豌豆安静得就像一幅漫画，阳光不由分说地从玻璃外挤进来，投到看物之人的眼中、心上。

时深不勉强她，将目光收回。

（8）

赵木子喜欢喝一种酸甜的饮料，每次买都是成板地买。时深看到她刚拆了一板，将里头的卡片扔在一旁，那是一张白色的卡通课程表。

“这个你要吗？”时深问。

赵木子咬着吸管，不明所以：“不要，你要啊？你要拿去。”

于是，时深将那张卡片收在课本里。

晚上夜深人静，时深伏在书桌前，认真地在课程表上写下每日上课的科目名称。时爸临睡前看到他还在忙，便劝他早些睡。时深嘴上应着，但时爸关门的时候还看到他继续握笔写着字。

少年认真的眸，节骨分明的手指，一笔一画，在那亮黄的台灯之下，是独有的风景。

小豌豆上早读课，发现了桌子左上角贴着的白色卡片。

她细细看去，是那个人的字迹。

她忍不住回头看一眼，时深翻着书在看，神情依旧。

小豌豆的指尖在卡片的边缘游走，她不敢去触碰那些手写的蓝色字，生怕将它弄花了。她将原本摆放在左边的课本移到右边，那一块空间，要为它留着。

（9）

时深在上楼梯的时候，小豌豆下楼梯，两人擦肩而过，小豌豆低语一声：“我选理科。”

她将思考了多日的决定，第一时间告诉了他。

时深顿了顿，停了脚步，小豌豆继续往下走，直到看不到那抹背影，他挑了唇，酒窝美丽得异常深邃。

在规定交意向表那天，刘老师让时深收齐后送到办公室。

北齐嘉将自己那张表送到时深的位置，时深看了一眼，北齐嘉还乐滋滋地问：“怎么，有问题吗？”

时深面无表情：“没问题。”

北齐嘉龇着大门牙嘿嘿两声：“好嘞。”

（10）

期中过后，海城的天气便越来越热。

致远所有的学生换上了夏装，小豌豆发育比较快，总觉得胸前看起来让人不好意思，于是她又穿了件背心，再套了白色校服，都快被热哭了。

赵木子首先发现的，她看看自己的胸再看看小豌豆，突然朝小豌豆胸前戳了戳，吓得小豌豆赶紧捂住：“木子，你干什么呀？”

“你的胸——”赵木子没憋住笑，“好像比我丰满。”

小豌豆将书护在前面，挡住向她袭来的“爪子”，二人打闹间，北齐嘉抱着球跑了进来，头发湿漉漉的，往边上一坐：“聊什么呀？”

赵木子嘴快：“聊你家豆子的胸。”

小豌豆红了脸，卷起书就要打赵木子，北齐嘉就傻呵呵地看着，随即说：“豆子跟我一样，发育得都特别快。”

北齐嘉还心思单纯，一点都没觉得哪里不好意思，倒是赵木子这个“女流氓”想歪了，挤眉弄眼地问他：“敢问大爷哪里发育特别快？”

“这里啊。”北齐嘉一仰头，摸着自己突起的喉结，还特地咽了下口水，喉结滚动，展现着自己发育的完美，还跟她们说，“来，摸摸。”

赵木子伸手摸了下，再摸摸自己的，倍感神奇，于是就问：“你长了喉结有什么变化啊？”

北齐嘉抓着小豌豆的手放在了自己的喉结上，她感受到来自男生滚烫的体温，就替北齐嘉说了：“他现在说话的声音跟以前不一样了，变得更浑厚更低沉。”

话音刚落，时深挠着发梢进了教室，打球出汗太多就去洗了把脸，本来心情十分舒畅，在看到小豌豆放在北齐嘉喉结上的手时，他沉了眸子，心陡然郁结。

小豌豆在看到时深的那一刻就抽了手，觉得自己动作很快。

(11)

上体育课的时候，北齐嘉又约了一帮人打球，赵木子在旁边卖力地喊加油。时深因为是班长，协助程铭搬一些体育器材。

快下课的时候，零散在操场各处的排球只有时深一人在捡，本着友好往来的同学情谊，小豌豆二话不说前去帮忙。

“我来帮你。”小豌豆争着要去捡时深脚下的球。

时深比她手快，捡起来看也不看她，继续往墙边走，那里还有一个。小豌豆没有气馁，小跑跟上，墙上方是拥簇的蔷薇，枝丫已经被花朵压得下垂，时深弯腰再起身，被钩了一下。小豌豆帮他拂开，一脸淡然地看着他。

时深看着她这副表情就来气，他问道：“干什么？”

“帮你捡球。”

“不要你捡。”

时深像是憋了好久，吐字都有些幼稚。

小豌豆的手扑了个空，时深要走，她担心待会儿就不方便说话了，就直接问他：“你是在生气还是不服？”

时深内心喘着粗气，刚正视小豌豆的双眸，就见她的手突然放在自己的下巴处，确切地说应该是喉结上。

蔷薇在她耳畔飘荡，连风都变得温柔。

时深怔住了，嗓子突地有些干痒，忍不住咽了口水，喉结随之滚动。

“是这个吗？”小豌豆感受了下，“嗯，好像你比北齐嘉的要大一点。”

时深回过神来，羞赧与失措绞着他不堪一击的小心脏。他后退一步，拧了拧眉，多次欲言又止，后来抱着球大步离去，什么气不气的全部抛在脑后。

小豌豆看着他的背影，不管是生气还是不服，专治。

时深步伐不稳，差点儿打了个趔趄。

（12）

到了六月，海城的天气又湿又闷。

小豌豆从舞蹈室上完课回家，写会儿作业再读读书不知不觉就十一点了。爸爸还是没有回来，她决定再等等。

外头的天黑暗一片，不见一颗星，小豌豆关了窗户，随后从书柜上头拿下玻璃瓶，继续叠小星星。

刚刚裴灵跟她打了电话。再过不久就是小豌豆的生日，裴灵给她买了一部手机寄了过来。

这次生日妈妈又来不了，小豌豆坐在书桌旁，有些思念。

凌晨两点半的时候，爸爸喝得醉醺醺回到家，小豌豆又是给爸爸擦脸又是处理呕吐物，后半夜几乎没有睡。孤单单的黑夜里，除了陪伴，她觉得自己什么都做不了。

（13）

课间的时候，小豌豆在补觉，总觉得脸上有凉风，舒适得让人舍不得睁开眼。

时深就坐在初音的位置，边看书边拿小册子在扇风，身旁的人已经连续睡了好久了，后半截自习课的时候他主动和初音换了位置。

小豌豆可能太热了，两颊绯红，额前的绒发因为汗水粘在一起。时深也觉得热，所以他拿着小册子给自己扇风，扇着扇着微微往前移了位置。

过了一会儿，小豌豆轻轻睁开了眼睛，看到了凉风的来源处，她半迷糊地盯着时深的脸。时深感受到那股灼热的视线，回了头。

就在时深以为小豌豆要对他表示感激之情的时候，眼前人扑闪着睫毛，吐出一个字来。

“妈……”

随即小豌豆又闭眼睡了过去。

时深举着小册子的手僵在半空，他拧拧眉，很是怀疑地摸了摸脸。

（14）

六月十号，北齐嘉买了个两层蛋糕拿回教室，本来要给所有同学分着吃的，谁知被调皮的男同学挖了块糊在了北齐嘉脸上，他一怒之下整个端起来扔了过去。

于是那个蛋糕大家都没吃上，除了在教室里打奶油战的男同学。

被北齐嘉这样一闹，大家知道了小豌豆过生日，临时去买了生日礼物。放学后，她的书包里装得满满的，手上还提着一些。

她感到很不好意思，自己没想要这样过生日。

离开教室的时候，时深坐在座位上收拾着课本，小豌豆定了定，他们小组成员都给她送礼物了，唯独没有他。

或许他真的没有准备，小豌豆这样想着，便离开学校去舞蹈室。

下了舞蹈课，小豌豆转入小路的时候，在路边的长椅上看到了时深。

他坐在那儿，弯曲着腿，双手撑在上面，低着头玩着脚下的石子，他的身旁放了一个小盒子还有书包。

时深看到她，当即起身。

小豌豆可以确定，他是在等她。

“怎么没去舞蹈室？”

“人多。”

时深说话间，又把椅子上的盒子和书包挪了挪，给小豌豆腾出坐的位置。小豌豆坐下，和时深中间隔着小盒子。

两人都没有说什么话，小豌豆看着时深拆开那个牛皮纸盒，抽出一个蛋糕来。

小小的、白色的芝士蛋糕，上头还放着几颗鲜红的樱桃。

小豌豆这才愣住，看了好半天，直到时深插上蜡烛，稳稳地端至她的眼前。时深轻扯嘴角，美丽的星光都在他的眼里，他说：“今天在学校你没有许愿，过生日不是要许愿吗？”

生日要许愿，真心真意的。

小豌豆以为，今天就要这样过去了，但是眼前人再次给了她许愿的机会。

她很感动，双手合十交叉，轻轻闭上眼睛，许下一个愿望，十六岁花季的希冀。

“谢谢你。”小豌豆冲他甜甜一笑，“谢谢你时深。”

“不客气。”时深始终半垂着眸，他切开蛋糕，与小豌豆一人一半。他们吃着甜甜的蛋糕，小豌豆舔着牙齿，享受着齿间的醇厚清爽。

突然间传来喵喵两声叫。

小豌豆竖耳一听，看着时深：“你听到了吗？”

时深抿抿唇，露出酒窝。他放下蛋糕，又把书包拿在腿上，才缓缓说道：“我不知道要给你送什么生日礼物，同学们能送的我看都送了。但是，这个礼物，你应该喜欢。”

（15）

他拉开书包的拉链，猫咪重见天日，噌地挤出脑袋来。

时深摸了摸它的脑袋，将它给抱了出来。猫咪橘黄色的身子圆滚滚的，四条腿蹬得直直的。小豌豆有一瞬惊喜，只听时深又说：“带来给你看看，它长大了。”

“这是……”小豌豆抱着它，猫咪窝在她的怀里，仰头蹭着她细小的下巴，她又俯身亲了亲，“那只小猫咪呀。”

“嗯。”时深在一旁看着她与猫儿互动，只要是她喜欢的，拥有的那些时刻总是流光溢彩，让人过目不忘。

“长得好快喔，你给它起名字了吗？”

她果然问起了这个问题，时深摸摸鼻翼，看着温顺的猫咪，小声说：“豆豆。”

“什么？”

小豌豆没有听清楚，又问了一遍。时深呼了口气，望着她：“它叫豆豆。”

她听清楚了，但没有一丝尴尬，反倒将它举起来，逗弄：“跟我一个名字啊。”

时深就随口问她：“你是怎么叫豌豆的，小名吗？”

“嗯。”

“谁给你起的？”

小豌豆低着头，路灯微暗，看不清脸上神色，她只是说：“别人。”

这个话题暂且到此结束，时深就看着她在逗猫。

小豌豆玩了好一会儿，这才将猫咪装回时深的书包里。将要分别，小豌豆又问时深：“发的那套化学卷子你写完了吗？”

“写完了。”

“能借给我看一下吗？”

时深又从书包里掏出卷子来，递给小豌豆。小豌豆收好，时深忍不住开了句玩笑：“怎么成绩好的人也要抄作业吗？”

“我只是看一看。”

时深的化学成绩比小豌豆要好，她想在期末考试上加把油。时深笑得意味不明，小豌豆则面无表情地反击：“你一个考第三的就不要在我面前显摆了。”

时深：“……”

他只是一时下滑！

（16）

期末考试前后，小豌豆没有再去舞蹈室，专心致志地复习备考。

出成绩的那天，排名第一的钟浅在年级中沸腾了几天，刘老师比谁都高兴，自己班的学生重新霸占了榜首，开教师会议的时候走路都带风。

时深依旧是第三，不上不下，赵木子保持中游，北齐嘉就比较惨了，吊了车尾。刘老师还给北爸打去电话，建议对方多关心孩子的学习与生活。

当时小豌豆的家门被人拍得乒乓响，还是钟爸开的门，一开门北齐嘉就扑到钟爸怀里：“叔叔啊！你快救救我吧！我爸他疯啦！”

钟爸和小豌豆看着北爸提着狼牙棒站在家门口，另一只手还拿着历史卷子，扯着嗓子骂道：“1996 年，苏联解体，啊，1996

年啊，多出来这几年是你统治的吗？初中学过的东西你还能错！三天不打你分不清谁是爹了是吧？给我立刻滚出来！”

钟爸挡住北爸，两人也是多年兄弟，钟爸在劝着，北爸骂着骂着都委屈了，粗犷的汉子眼里转着泪花：“说两句还顶嘴，讲什么被遗传，开什么玩笑！老子当年数学考 8 分，你考 28 分，我能遗传给你！”

北爸扶着钟爸的胳膊，看着屋里头两个天差地别的孩子，那个悔恨，索性一把鼻涕一把眼泪诉起苦来了。

小豌豆看着也难受，就让北齐嘉出去认错。

北齐嘉很是警惕，指着门外的大汉说：“你们不知道，他那是在演戏。”

小豌豆最后硬是把北齐嘉推了出去，前一秒还在抹泪的北爸见机揪到北齐嘉，哈哈哈地笑成了烧水壶：“看你往哪儿跑！”

北齐嘉欲哭无泪，冲呆愣的小豌豆伸出“爪子”：“豆子啊，你把我推进了火坑啊。”

（17）

暑假的时候，小豌豆拿着裴灵给她寄来的手机，登上好久不用的聊天软件，加入了小组群聊。她在小组群中问道要请北齐嘉吃饭，谁还来。

赵木子：为什么要请他吃饭？

北齐嘉：因为我长得帅！

赵木子：我要吃小龙虾，然后再去打台球！

小豌豆：好。

随后大家在聊着，那个人始终没有回话。过了好久，时深才在群里问：几点？

小豌豆发了地址和时间。

约定的那天，小豌豆搀扶着一瘸一拐的北齐嘉跟大家会合，赵木子捂嘴笑："被你爸打到腿折啦？"

北齐嘉白了她一眼，小豌豆解释说："不是的，被叔叔吓的，自己跑崴了脚。"

小豌豆看着站在一旁的时深，将北齐嘉的手交给他："时深，你来扶吧。"

他已经盯着两人很久了。

时深手插口袋，极不情愿地扶住北齐嘉。北齐嘉被时深莫名其妙地白了几眼，很是心塞。

"兄弟，你眼睛咋啦？"

时深不理他。

"你又生什么闷气啊？"

北齐嘉不停地叨叨，时深嫌烦索性不搀扶他了。因为时深发现北齐嘉的脚根本没什么大事，估摸着在小豌豆面前装柔弱，刷存在感。

（18）

时深和北齐嘉走在前头，北齐嘉在一旁又是戳腰戳屁股，想逗他笑。

两个女生走在后头，赵木子嘿嘿笑两声："时深看起来很难哄哦。"

赵木子还认真地在思考："他们俩不是那种关系吧？"

小豌豆也觉得时深是别扭的少年体质，应该专门为他研究一台监测心境的机器，要不然跟他相处得多累啊。好在唯有一点，小豌豆觉得轻松。

打台球的时候，小豌豆瞄点感觉特别差，还搞不清规则，可是让大家逮到她也有不会的东西了。小豌豆不怕被嘲笑，静心观察着时深的动作。

他出杆稳当又帅气。

经过小豌豆身侧的时候，小豌豆举着杆子冲他一笑：“你好厉害。”

时深接下来表现得更是酣畅，整个人看起来心情也大好。

于是小豌豆觉得，赵木子说得一点都不对，时深他，明明很好哄。

第六章

只想护着你

小豌豆：你可以笑一个吗？

星星碎：为什么？

小豌豆：因为我的咖啡忘记加糖了。

（1）

致远高二年级，开始分科分班。

北齐嘉美滋滋地抱着自己的书包坐在原位，同桌大脸妹戳戳他的胳膊，腼腆地笑着：“北齐嘉，我们都是文科，会不会分到一个班啊？”

“呸呸呸，别乱说话。”

他正在心底祈祷要跟三个好朋友分到一起，抖着双腿有点激动。等到每个教室门口开始贴学生名单了，北齐嘉就跑去文科班门口挨个找自己的名字，很快他在六班里找着了。

身后的大脸妹一脸兴奋地指着墙上的名单说：“看，北齐嘉，我跟你分在一个班！”

北齐嘉翻了个大大的白眼，扯起嘴角，很是不满：“我要跟豌豆一个班，谁要跟你……”

话没说完，大脸妹就说：“钟浅吗？你们怎么会在一个班，她是学理科的啊。”

北齐嘉只觉得血气上涌，天灵盖发痛。他抽动着嘴角回头盯着大脸妹：“你——说——什——么？”

大脸妹指指二班门口，结巴道：“她，她选理科，还，还在二班。”

于是那一上午，高二年级的走道里某人的哀号声不断，他扒着二班的窗户，难过得不能自已：“豆子啊，你怎么选的理科啊，为什么不告诉我啊？”

小豌豆、时深、赵木子三人一字排开，看着北齐嘉做痛苦状。

北齐嘉看着他们，抽泣着问：“你们仨没分开啊？”

三人同时摇头。

北齐嘉捶胸顿足：“凭什么啊？凭什么你们还跟豆子在一起？不是说好要生死与共的吗？苍天啊，为什么就我选了文科？”

结局已定，赵木子为了安慰北齐嘉，二话不说抓住北齐嘉的手，假装要咬破他的指尖。

“歃血为盟，分离也不弃！”为做一辈子的好兄弟，结义！

北齐嘉简直痛到心扉，举着颤抖的指尖一脸生无可恋：“赵木子，你干什么不让我咬你的手指？”

他跟小豌豆撒娇假哭泣：“豆子，我要去打破伤风吗？”

时深代替小豌豆回答了：“不用，可能要打狂犬疫苗。”

（2）

原本二班的同学几乎走了一大半，小豌豆在位置坐好，庆幸自己还留在这儿。初音学文跟北齐嘉分到了一个班，赵木子就坐在小豌豆的斜对面，至于时深，还在老位置，只要她微微回头就能看到的地方。

小豌豆的新同桌是熟人，体育委员程铭。程铭弄好自己的东西后就开始帮小豌豆，他喊着钟浅的名字，随后又笑了笑说：“我能不能叫你豌豆啊，我看北齐嘉他们都这样叫你。”

“可以。”小豌豆很友好，毕竟程铭当时帮助过她。

时深旁边坐了别班分来的男生，他环顾四周，目前的形势大不如前。初音一走，他就不能和小豌豆坐一起了。他敛敛神色，开始收拾桌子。

刘老师还是带这个班，开班会的时候提到班干部成员，一些课代表和体育委员、文艺委员都是刘老师指定，程铭还是体育委员。再说到重要级别的班长，新分过来的男同学就举手发言说道："我觉得班长咱们得选个民心所向的。"

但也有女生还是支持时深的，认为班长不用换。

时深没有说话，他觉得无所谓，本来就觉得做班干部是个累赘，就算别人不提，他也要提。刘老师想了想，就问大家："那你们有没有推荐的？"

这一问，刚才的男生再次发言，声音格外洪亮，指名道姓："钟浅！"

小豌豆显然没有意料到，事情发展还会这样转折。果不其然，有人带头后，其他人就勇敢了。一帮张扬的少年，肯定喜欢小水仙啊，看着又软又糯。

钟浅的名字呼声太高，小豌豆有点不好意思。刘老师一听是她，更是满意，当即一拍黑板擦："好，就钟浅。"

于是小豌豆阔别一年的班干部，就这样回来了。

（3）

赵木子自分了班后，心情也不好，能一起看小说吐槽剧情的人没有了，好不容易处出感情的同桌也被调走了。越想越忧伤，她从课桌上翻出一本杂志拎上，叫上小豌豆一同去初音班上串门。

北齐嘉就趴在窗户边上，吐着舌头哈哈笑："豆子来看我的啊？"

“不是。”

北齐嘉险些咬舌自尽。

文科班有不少认识的，比如离初音不远的宋风晚，小豌豆坐在那里有些别扭，就跟赵木子说：“你在这儿玩，我先回去。”

小豌豆自知与宋风晚关系不好，就选择避开，谁知宋风晚还追出来了，在过道的拐角拦住她，什么都没说，就是极度鄙夷不屑，面带发冷的笑意。

“时深可真厉害，把你身边的人一个个支走，赵木子这个灯泡的瓦数照得亮不亮啊？”

“不知道你在说什么。”

两人站在那儿，身旁有三三两两同学走过，宋风晚伸了个懒腰，装作很亲昵地在跟小姐妹说话一般：“你们之间到底什么关系呀？”

小豌豆总觉得宋风晚笑得异常诡异，她轻眨羽睫：“同学关系。”

宋风晚对时深抢走班长一事耿耿于怀，同学们每每说起当时的情况她都觉得很丢脸。之前跟时深抬头不见低头见，只能忍气吞声，现在分开了，心中的愠怒反而更深。

“谁信哪。”

小豌豆淡淡一句：“爱信不信。”

宋风晚在小豌豆擦肩走过的时候抱起胳膊，嗤笑一声：“你想不想知道时深以前是什么样子的？”她的话果然让小豌豆停了步。

“丑八怪。”

轻描淡写的三个字在小豌豆的心上重重敲了一击，打得闷疼。

过去的记忆，就像时光的长河，不管流逝多远，它都在。

宋风晚挥挥手，像是早已洞悉一切。她说：“拜拜啦，到时候你来看戏。”

待这位傲气的女同学没了身影之后，小豌豆才回头。阳台上的同学们在嬉戏打闹，她立身于嘈杂声之中，第一次慌了神。

小豌豆捏着校服边角，手心竟生了好多汗。

她突然想起赵木子曾经在看小说时，念起书里的句子：“他的眼睛像是落进了星星，干净又明亮……”念完又好奇，“星星跑到眼睛里到底是什么样子的啊？”

是星星碎。

有着无穷无尽的光亮的星星碎。

（4）

赵木子觉得小豌豆很奇怪，几乎隔三岔五就问自己在初音班里的事情。她瞪着大眼睛问道：“啥情况，北齐嘉给你戴绿帽子啦？”

北齐嘉平时爱贫嘴，大家也就爱拿他和小豌豆打趣。事实上，北齐嘉情窦开得晚，整天嘻嘻哈哈嘴上也没个把门的，那些不熟的人，还真以为他和小豌豆有什么关系呢。

小豌豆不理会赵木子的调侃，静观其变，但自那次与宋风晚说完话后，并没有发生什么事情，直至月考过后，她才慢慢放了心。

在考试成绩放榜的那天，小豌豆经过告示栏，高中部的同学们都围在那里，指着榜单议论纷纷。平时那里放成绩围观的人很少，因为每个班级都有单独打印的单子，小豌豆已经从刘老师那儿拿到，给班里同学传阅了。

她上前看了看，倒不是说很好奇，是因为大家站的方位在年级前几名那儿。她围在人群外，顺着大家手指的方向望去，始终霸着第三名的时深，名字前面贴了张照片。

就那一眼，小豌豆的心顿时沉入谷底，紧张到发冷。

照片上的人不过十二三岁的模样，头发剪得很短，白皙的面庞棱角分明，他沉着脸，就犹如他那双眼睛，毫无色彩。那双眼睛不是黑色的瞳孔，它泛着白色的光，冷森森的，让人生畏。

“他的眼睛，噫，好奇怪啊。”

“这个人我认识的，是二班的男生，长得特别好看。”

“那这张照片是怎么回事啊？”

几个同学还在说着，有人大胆揣测：“要么他有病，要么就是整容了。”

小豌豆就站在他们身后，耳边充斥着各种不靠谱的议论声。

这一天终究是来了。

她捏了捏手指，拨开人群，走到公示栏前面。在所有人的注视下，她撕下了那张照片。

大多数人都认识小豌豆，年级第一的小水仙，她的举动让大家较为惊讶。

她紧握着那张照片，脚下步子格外沉重，几乎是费尽力气从人群中离开。直到她走远，同学们才敢说话，像是嗅到了八卦，兴奋起来：“喂喂喂，钟浅哪，怎么和时深……”

“她是二班班长呀。”

“我看他们有点意思。”

“我也觉得。”

（5）

文科六班的气氛异常诡异。

除了两个当事人，其他同学都坐在自己的位置上，不敢动弹。

小豌豆力气大得出奇，宋风晚被推倒在地上，也不知是疼的还是急的，眼眶中的泪花飞快地打转。她怎么都料想不到，眼前的人竟是这般不管不顾！

小豌豆的掌心还拿着从公告栏上撕下的照片，她翻着宋风晚的书包未果，索性将里头所有的东西一股脑倒在地上，课桌上的东西悉数被扫落在地。

她极力隐忍着怒火，不吭声，甚是可怕。

周边的同学们噤若寒蝉。

初音是知道小豌豆的性子，能把她逼到这副豁出去的模样，一定是了不得的大事。大事在即，北齐嘉竟然不在现场，她坐不住了，起身就往二班跑去寻求救兵。

此时从书本中掉落一个小小的白色纸袋。

小豌豆先宋风晚一步拿到手中，只探了一眼，就将它紧紧攥在手中。她看着宋风晚坐在地上咬牙瞪着自己，委屈得好像自己才是受到伤害的那一个。

“那天，你说时深是丑八怪。”小豌豆的声音有些发颤。

“你跟他就是一丘之貉！都不是好人！”宋风晚索性破罐子破摔，反正事情已经到这个地步了，她怒言，“你护得了吗？”

赵木子气喘吁吁地跑进来，也不管发生了什么，撸起袖子就要干架：“你是不是想打架？我告诉你，我大爷已经在来的路上了……”待看到眼前是小豌豆揪着宋风晚领子的画面时，吓得小心肝一颤，她是该打架还是劝架？

小豌豆的手小小的，柔若无骨，此刻却有无限的力量，揪住宋风晚，一下子将她从地上拉起。靠近宋风晚耳畔的时候，她吐出一句：“对，我们就是一丘之貉，我就是坏，我就是要护他。”说完又亲手将人狠狠推倒在地。

(6)

小豌豆在文科六班的行为，给理科二班带来了很大影响。两个班级互相看不对眼，两个班主任也得亏关系好，要不然少不了一番争吵。老师们将宋风晚贴照片的事情进行低调处理，因为还涉及另外一个成绩优异的小姑娘，就对外称两人因为误会才发生肢体接触。

所有人都将关注点锁在女生身上，竟然对事件的关键者没有任何反应了。

刘老师作为小豌豆的班主任，也是从年轻过来的，看着花一般娇嫩的小豌豆，苦口婆心一番教导也未得到任何有效信息。

最后，刘老师很无奈地说：“钟浅，你要是再这样沉默，我就喊时深过来了。”

虽说事情要低调处理，但不是不处理，宋风晚贴的是时深的照片，小豌豆为此冲到教室又是翻书又是推人的。其中深意，不言而喻。

小豌豆站在那儿，抬起眼眸。

天气不是很凉爽，汗水浸湿了她额前的绒发，鼻翼上泛着滢滢白光。

她没有丝毫犹豫：“我说。”

窗外扑来一阵风，带着沙沙声响和猝不及防的凉意。

“是我一厢情愿、自作多情，跟时深没有关系。”

（7）

北齐嘉知道小豌豆和宋风晚的风波之后，黄花菜已经凉了。

赵木子跷着二郎腿说道：“这个宋风晚，总是针对小豌豆，我都怀疑时深的照片也是她贴的。”

女孩子的好奇心到底比男孩子重，赵木子又悄悄地说：“时深的眼睛好像以前生过病，我看到照片也挺意外的。”

北齐嘉咬牙切齿：“欺负我的豆子还欺负我的兄弟！木子，是哥们儿就跟我走！”

两人雄赳赳气昂昂要去找宋风晚算账，同学们说宋风晚请假了，后来等了两天，人家直接办转学消失了。于是，此事只能暂且作罢。

少年们的消息来源于各种渠道，即便外班的人对时深的眼睛如何好奇，但本班却没有一个人去挖旧料。大家静静陪伴，欢闹打笑，对他温柔以待。

时深作为当事人，丝毫不在意外界的评价。曾经他所收起的过往旧事，从不怕被别人爆出，也不畏惧恶语相向，他只担心一个人是否在意，因为那是他仅有的自尊。

小豌豆事后更冷静，就像什么都没有发生过一样，不跟任何人解释和提起与宋风晚吵架的始末。她抱着作业本一步一步地在教室走动，该干什么干什么。

时深坐在自己位置上，手中转着笔。

两人距离逐步拉近，气流无声运转。

时深就突然想到，她曾经对自己说过一句“欠你一次”。他在撞见钟爸的事业危机时，选择闭口不言，即便那是他优秀的品质，但终究为人保守了秘密。

依照她的性子，想必一直对自己心存感激，所以，想要回报？

自此一别两宽，互不相欠？

时深这样想着，黑亮的瞳孔里映出她的影子。

小豌豆屏息，默不作声地给他发了作业本，继而转身离去。

（8）

时深站在舞蹈室外的小路上，等了将近三个小时。

他做好了一切准备，在小豌豆出现的刹那，耳畔的风都温柔了。

画面中只有树下的少年，与等待的小姑娘。

路灯悉数盏盏亮起。

时深走到小豌豆跟前，嘴角微微勾起，不带一丝探究：“这次帮我，算是还清了人情，是吗？”

事情根本就瞒不过他，小豌豆点了头。

这个确认让人喜忧参半，时深觉得既然如此，那就索性摊牌，为他们的那些旧事过往寻一个答案和结果。他没有丝毫犹豫，问道：“你敢不敢承认，第一次见面的时候就认出我了？”

眼前的人太过聪明，小豌豆无法再否认。她说：“是。”

时深喉咙滚烫，他继续开口，如果他不说，也许会错过某种机会。

“我们，我们的相遇……”

谁会跟自己一样，于千万人之中与她相遇，便再也难以忘怀。

总是创造各种机会，哪怕是故意作对，也只想得到她的一个眼神。见不到会思念，见到又总会慌忙，幼稚的事情他做，讨巧的话不会说，一切都变得不再像自己。

于是昼夜变得冗长，只想一睁眼就能看到她。

时深要挖开自己的心了，他小心翼翼道："你跟我的心意，是不是一样的？"

小豌豆的心间早已为此绽开了一朵花儿，在听到这个答案时，瞬间变得甜蜜而又柔软。

"不是有人怀疑我跟你的关系吗？"时深凝视她的眸，"那我就把这个事情给坐实。"

（9）

赵木子和北齐嘉说要带时深散散心，让他开心开心。

小豌豆到商场门口的时候听到北齐嘉还在聊眼睛的事情。赵木子说时深小时候得的是白瞳症，北齐嘉绞尽脑汁思索半天，突然拍腿哈哈大笑："原来是白内障啊。"

小豌豆第一次有想朝人翻白眼的冲动。

赵木子捂住北齐嘉那欠抽的嘴，恶狠狠地说："我还没笑呢！"

有生之年，交此损友，真是折寿。

时深按时赴约，北齐嘉豪气冲天大手一挥："想吃哪家随便说，大爷请。"

说完却发现钱包忘装钱，北齐嘉就拿着折扣券领着大家去吃金拱门了。

吃完后，四人在商场闲逛，一群穿着玩偶服的工作人员穿梭在人群中发传单，赵木子要跟玩偶合影，北齐嘉就帮忙拍照。

时深本来一直跟在小豌豆的身后，担心她被挤着，将她拉在身旁。也许是情急之下的举动，小豌豆看着覆盖在手背上的那双手，觉得温暖备至。

本来说是要陪时深玩的，最后变成陪着赵木子玩。

他们在商场大厅看见某可乐品牌在做活动，墙上挂着分贝测试仪，只要喊“我要可乐”四个字，分贝超过 80，就可以免费领取一瓶。

北齐嘉跃跃欲试，刚好喊到了 80 分贝，拿到了一瓶给了赵木子。然后就开始怂恿时深去喊，赵木子扑哧笑出声，觉得他不会去做。

时深看小豌豆刚才对北齐嘉投去的钦佩目光，小脾气上来了。

他要喊。

大家盯着测试仪屏幕，数字从几十快速涨到一百，最后停在 110 分贝时，测试仪突然发出“呲”的一声，屏幕黑了，周边还开始冒烟。

四人都傻了。

可乐不仅没得到，还把人家东西弄坏了，肇事群体落荒而逃。

事后大家狂笑不止，时深黑着脸，本来自己出来是想散心的，谁知这场赴会下来，他更难过了。

（10）

以后的日子，过得比以前还要有趣。

小豌豆、时深、北齐嘉、赵木子四人再聚到一起的时候，如往常一般，却又明显不同。

大家约好以后都去图书馆写作业，北齐嘉去过几次后，索性不去了，约时深在操场打球，赵木子到了图书馆也是看小说，久而久之小豌豆就在教室里活动了。

她已经很长一段时间没有跟时深单独相处过。

小豌豆将手机带来了学校，虽然致远规定学生不允许带手机上学，但还是很多人偷偷地带了，只要不犯严重错误，老师基本睁一只眼闭一只眼。

她一向是乖乖少女，在抽屉里把手机插上耳机的时候，手心有些微颤。她发起了语音通话，很快，那边就接通了。

“你带手机了？”

他低沉的声音传来，小豌豆调整了下耳机，说：“你不也带了吗？”随即低头握着笔，继续写作业。

“可你是好学生。”

“你也是好学生。”小豌豆接上话。

时深笑出声，他也戴着耳机，原本在听音乐，看到发来的语音通话时还有些微愣。接通后两人也没寒暄几句，小豌豆就开始问关于化学的问题。

真的是问问题，再多余的话都没有了。

时深撇撇嘴，翻着面前的化学课本看了前方一眼，她低着脑袋快速地写着。时深眯眼，对着耳机说了句：“把背直起来，头也不要太低，这样容易受压导致供血不足而疲劳。很多人都是这样近视的，你是不是想要戴眼镜……”

小豌豆就直了直腰，忍不住问了一句：“你是斑马的脑袋吗？”

时深蹙眉，说：“什么意思？”

“说得头头是道。”

时深的心里有清脆的破裂声响，他再也没话了。

小豌豆随即手托着腮，笑得脸儿红红。

（11）

班里要办新一期的黑板报，小豌豆从刘老师的办公室回来就在想着人选，最终挑了两个出过板报的女生，她们将版面规划好，还画了图案。后来跑到其他班级去看，觉得自己的粉笔字稍弱，两个女生商量下就去找小豌豆再给推荐人。

时深回到教室，就看到班里的两个女生站在自己位置边上，看到他出现，带着羞意地笑了笑。两个女生你推我搡，谁都不好意思先开口。

时深突然用力地将自己的椅子抽出来，啪嗒，再放到地上。

吓得两个女生一哆嗦。

“我们不是在碰你的东西哦，我们在等你。”一个女生急忙解释。

“是是是，我们在出黑板报，觉得别的班的字写得比我们好……”

时深打断，坐在位置上：“跟我有什么关系？”

“我们觉得你的粉笔字写得好，你看能不能……”女生还在问着，另一个发觉时深的态度不是很好，当即就补充：“你要是忙，没关系的。”

时深拨开眼前的书，趴在桌子上，闭上了眼睛。

“那时深你休息。”女生想着既然那么难沟通，还是算了，“我们再问问班长。”

时深听到此言双目又睁开，起身问道：“问她干什么？”

“哦，其实是班长给我们推荐的你，没关系的，你休息吧，我们可以自己写。”

“要写多少？”时深突然沉声问。

两个女生面面相觑：他什么意思？要写吗？

“不写算了。”时深又要趴回桌子。

“写写写写，时同学，写……”

于是时深抄了两天的板报，终于可以休息的时候，语文老师又把他喊到办公室，给了一个本子，和蔼可亲地笑着：“你字写得不错吧，帮老师誊写点教案。”

时深就帮老师写了一本又一本。

在给钢笔吸墨水的时候，不小心沾到手指上，他有些轻微洁癖，正郁闷的时候，老师又给他拿了两本，很是体贴地说道：“不急，累了明天再来写。”随后看着时深模仿大人的字迹是如此相像，很是满意地点点头，“钟浅眼光真不错呀，我说要写的东西太多了，她立马就给我推荐了你。”

时深同学深深地，在内心吁了口气。

（12）

语文课上，老师要求《逍遥游》全文背诵，时不时地进行抽查，后来又安排课代表进行全班检查。因为人数太多，课代表就请小豌豆帮她一起检查。

赵木子高兴坏了，拿着书跑去小豌豆的座位处。

“咱们可是一个 team 的啊，手下留情！”

语文老师说了背不出来就全文默写，吓得大家赶忙去抱课代表和班长的大腿，赵木子就是这样被小豌豆偷偷放过了。

连续几日检查，到最后一晚，小豌豆急着去舞蹈室，还剩的几个漏网之鱼也就作罢了。

晚上八点多，她练完下课，将校服塞到书包里，换上了薄T恤。

在那条小路上，她又看到了时深。

依旧坐在长椅上，只不过他将脑袋枕在椅背上，开着一本书，嘴里念着什么。如此刻苦的好好少年，真像是从漫画里走出来的一般，美好又纯真。

小豌豆走过去，时深这才合书起身，与小豌豆一同在路上走着。他拎着书，看着脑袋只到他肩膀的小豌豆，洁白的额头闪着光亮。

“怎么流这么多汗？”

小豌豆用手擦擦，紧紧书包的带子：“嗯，运动容易出汗。”

“累吗？”

时深突然这样问她，学习已经够辛苦的了，还要按时来上舞蹈课。

“还好。”小豌豆冲他笑了笑，“趁现在能努力的时候努力，将来后悔可能就会少一点。”

这么有深度的话题，时深听她从口中说出，还带着少年的沧桑，他不喜欢。

他想要她高高在上，无所畏惧去睥睨这世界。

“你为什么没有检查我背书？”时深跳开那个话题。

“没有检查你吗？”

小豌豆以为课代表检查过了，也没在意，想再给他多点时间，于是就说：“那明天早读课检查吧。”

“不。”时深的小傲娇又开始作祟了，他很果断，“现在就检查。”

小豌豆放慢脚步，探究性地看了他好几眼。

时深执拗起来，再次重申：“我就要现在背。”

“那你背吧。”

（13）

小豌豆拿过时深手中的课本，翻到那一页，开始听他背诵。

时深一字一腔，感情与气势也酝酿得很好，最重要的是他的声音，如林籁泉韵般悦耳，它像是钟锤，带着清晨的梵音，重重落在她的心上。

小豌豆回过神来的时候，文章已快要背完，但偏偏在最后的几句，时深卡壳了。

像是做小动作被人当面捉到一样尴尬。

在分别的路口，小豌豆将书放回他的书包里，还安慰性地拍两下，给予鼓励的微笑：“没事的，背不出来的人多着呢。”

时深有点憋屈，他明明是通篇都会背的！为什么她检查就不会背了！

于是第二天，小豌豆在不能背诵全文的学生名单里，写下时深的名字。

语文老师看也不看大手一挥：“名单上的所有人，全文抄写十遍！”

原本憋屈的少年，显得更郁闷了。

这个老师也太不够意思了，好歹自己给他抄过教案。

还有这个班长，对他下狠心依旧不手软。

他戴着耳机坐在座位上唰唰写着，连北齐嘉过来找他打球都没有去，直到手腕酸了，他才松笔休息。此时耳机里传来柔和的询问：“你还背不背啊？”

时深幽怨地抬眸往当事人处看了看，重新握笔，也不知是抱怨还是求安慰：“我把一个学期的字都给写完了。”

“加油。”

她声音甜甜地给他安慰。

（14）

小豌豆当时和宋风晚的事件，在文科六班的男生中引起不小波动，男生们私下会讨论小豌豆的美貌和性子，话题热度不减。但这种情况不好，北齐嘉急啊。

他这两眼看大的妹妹，哪能羊入虎口啊。

于是北齐嘉煽动时深在理科二班做好监视工作，同时又将自己身边潜在的危机一一拦截。只要是过来跟北齐嘉打探过小豌豆消息的人，都连名带姓被记录到了小本本上头。

他将小本本拿到小豌豆跟前，指着上面的人一个个念名字：“一定要记住啊，这些都不是好人，要是来找你玩理都不要理！我不在你身边，你一定要跟着时深，死死跟住他……”

小豌豆点头：“好的。”

北齐嘉得到保证，这才心满意足地走了。

有那么几日，时深去哪儿总有只尾巴，他探探四周，担心有异样的眼光。毕竟他们之间从未在人多的情况下接触，他不想给她带来不好的影响。

他不明所以，悄悄地问她：“干什么？”

小豌豆一脸无辜：“北齐嘉让我死死跟住你。”

时深：“……”

（15）

入秋的时候，学校组织了一次植物园游玩。

出发前小豌豆带了拍立得，包里装的都是爸爸给她准备的巧克力和一些进口零食。早上出门的时候，玄关处还放着一双崭新的运动鞋。钟爸虽是个五大三粗的汉子，对宝贝女儿却是心细如尘。

在上大巴的时候，赵木子看到了小豌豆脚上的鞋子，很是喜欢，于是两人换了鞋子穿。

时深戴着棒球帽走上车来，眼神扫了一下位置分布，小豌豆和赵木子坐在一起，她们过道旁边的位置还是空的，恰好赵木子招呼他：“时深，这边有位置。”指了下小豌豆身侧。

时深站定，坐下。

在等待的空闲，小豌豆觉得脚下空间小，就将右脚放在了过道上，她和赵木子聊着天没有留意，总觉得脚边有什么东西在动，再回头，时深弯腰刚起身。

他卷着湿巾，淡淡看了小豌豆一眼。

他刚才在给她擦鞋。

鞋头白白的，有点浅浅的湿痕。

小豌豆突然就缩回了脚，靠回座椅上。她抿抿唇，心口处似被鼓槌重击一般，疯狂跳动，就快要扯破皮肤，冲出重围。

赵木子说了些什么她都听不见了，还唤了她好几次。小豌豆有些紧张，自始至终脑袋都是偏向左侧。而右边的方向，就像有只大老虎，睁着一双会发光的眼睛在虎视眈眈。

时深摸鼻翼的时候，漂亮的酒窝暴露了他的心情，随即正正神色，看向窗外。

两人之间，明明有一条过道，却让人觉得近到发慌。

（16）

少年们难得解放，全都撒丫子玩。

北齐嘉还偷偷跑到二班来了，他的班主任追都追不上，只能在身后大喊：“哪个是你的班级心里没点数吗，我才是你班主任！”

刘老师对北齐嘉的班主任隔空挥挥手，意思是没事我给你看着。但他低估北齐嘉的破坏力了，这孩子虽然单纯，看花是花，看草是草，看泥土是泥土，但看到树上的蜂窝也想捅。

北齐嘉弄来一根长长的树枝，试图要去拨拉挂在树干上的蜂窝，赵木子也跟着他调皮捣蛋。小豌豆在和几个同学研究树木，时深就站在不远处盯着。

果不其然，时深听到赵木子震裂天际的呐喊：“大家快跑，北齐嘉已经阵亡了！”

场面突然变得混乱，小豌豆还不明所以地往那边走了几步，她想要去拉抱头趴在地上的北齐嘉，待看到半空飞着的蜜蜂时也是一惊。

周边的同学们顿时作鸟兽散，混乱中小豌豆被人一拉，头上突然戴了个东西。她刚抬头，就被时深给按下，他说：“别动。”

时深将帽子给了她，双臂将她的脑袋紧紧护住。小豌豆盯着他的胸膛，那双无处安放的手搓着衣角，她浑身上下都僵硬无比，只想着蜜蜂赶快过去。

等到重见天日，小豌豆看着时深在挠耳朵，微微蹙着眉。

“被叮着了？”小豌豆急忙问。

“没事。”时深见大家开始靠过来，远离她两步。

北齐嘉像是被叮了好几下，觉得脸被针扎了一样难受，又麻又痛。赵木子即使先跑走了还是被叮了，另外还有几个中招儿的同学气得扑过来就把北齐嘉一顿打。

他们在草地上追逐着，玩闹着，赵木子脱下鞋子就朝北齐嘉脑袋上扔过去，一击即中。老师第一时间帮大家拔刺处理，涂抹了携带的药膏。被蜜蜂叮上可大可小，有严重过敏的还会危及生命。

所幸少年们体质好，都没有大碍，热热闹闹地说着要合影留念一张。

小豌豆就站在时深的身侧，还戴着他的帽子，在没人关注的状况下，她微微歪头，举了个剪刀手。

（17）

两天后的周末，北齐嘉赔罪请客吃饭，说是豪华大餐。小豌豆几人前去一看，又是金拱门。

小豌豆是坐爸爸的车过来的，他顺道也想看看女儿的同学们，他摇下车玻璃，和蔼可亲地笑着：“同学们，你们好……呀……”

那三人齐刷刷地回过头来，脸上大小不一肿着红疙瘩。

钟爸缩缩脖子，连时深都没认出，接着口中的话继续说：“呀，都长得别具一格呀。”

（18）

除了时深，其他人被蜜蜂叮的包三天就好转了。

他的耳朵肿得好大，右腮边也有一个，被叮的地方消肿很慢，再加上他忍不住去抓，一日比一日严重。

在球场上的时候，北齐嘉盯着时深的脸硬是没忍住，笑得前仰后合。时深郁闷地去卫生间洗了把脸，在转弯处碰到了小豌豆。

他抹了下脸上的水渍，又忍不住挠了下耳朵。

小豌豆极力控制自己，眨动着眼睛。

时深看着她的表情，瞪了她一下：“笑什么？”

“没有笑。”小豌豆抿紧唇，笑意却从眼睛里流淌，“你好像大耳朵图图。”

“呲……”

时深上前一步，想用气势威吓她。

眼前人根本不带怕，她也上前一步，朝他伸出手。

时深看见她的手心躺着一个绿色小瓶子，她说：“涂涂这个药膏吧。”

时深接过，恰巧上课铃响了起来，小豌豆抿抿唇：“应该就好得快。”末了又加一句，“涂涂啊，上课了。”意味深长地看了他一眼。

时深瞬间反应过来了，她是在说：“图图啊，上课了。”

“喂，你……”

他忍住了，没有办法，谁让是她。

第七章

她的小脾气

星星碎：跟你说一个坏消息。

小豌豆：什么坏消息？

星星碎：我对你的思想已经不单纯了。

（1）

学期期末的时候，小豌豆觉得自己有点发胖，便开始控制饮食，基本上每天都去舞蹈室。

小豌豆的舞蹈老师叫京京，在给她称体重的时候说："你现在正在长身体，体重会有些变化，但以后尽量不要再吃甜食了。"

京京老师最喜欢的学生就是小豌豆，作为小豌豆的古典舞老师将近五年，比任何人都希望小豌豆能在舞蹈上有所作为。

考舞院，是京京老师和小豌豆共同为之努力的目标。

京京老师曾多次给小豌豆单独授课，没有收过任何费用，钟爸每次过来也都是客客气气的，给舞蹈室的老师们又是买水又是买吃的。

"你爸在你学舞上面，真的一点都不含糊。"

京京老师觉得钟爸尽到了父亲的责任，平时来舞蹈室的家长基本都是妈妈，但因小豌豆家庭情况特殊，钟爸又是当妈又是当爸，也多亏小豌豆听话懂事。

只不过她有些时候，有一些内向。

"你一定要多听爸爸的话，有什么事跟他及时沟通，或者是来找老师，我也会帮你。"

京京老师的爱护，小豌豆感受在心，她点点头："我会的。"

"还有你的体重也要控制好啊，我会跟你爸爸说的。"

小豌豆靠在把杆旁，柔柔一笑："我知道了。"她知道京京老师只是这样一说，爸爸那么忙，自己都好几天没看到人了，更何况老师呢。

（2）

下了课后，小豌豆穿好衣服，推开门的时候脖子里灌了冷风。她缩缩脖子，背着书包往路口跑去。她一路小跑，没两分钟，就看到了时深。

"冷吧？"小豌豆问他。

"不冷。"时深见到她便拿下书包，从里头掏出一沓试卷和册子，"不知道会不会考到，反正我能圈的都圈出来了。"

"谢谢。"

小豌豆将他的化学卷子塞到自己包里。化学是她的弱项，每次考试前她都要看看时深的笔记，这次也不例外。

两人并肩走着，时深突然又转头看了她一眼。

"怎么了？"小豌豆摸摸脸。

他想了想，斟酌下语句，说："你的脸看起来圆了点。"

小豌豆沉默地呼了口气，想说她胖了就直说，什么圆了点。再说了，她现在的身高体重可比标准的体重还要轻了，只不过是舞蹈生才要更瘦一些。

她暗暗想着，时深突然就说："比之前好看。"

"什么意思？"小豌豆当即就反问他，"我以前很丑？"

这个问题问得有些致命。

她的语气有些焦躁，倒是有点不像她了。时深觉得有意思，这个豌豆小公主也会在意这些，驳自己的话时十足傲娇，还有些小脾气。

真是难得一见。

“是有点丑。”时深逗她，他也不要求生欲了。

小豌豆忍不住有想掐人的冲动，她刚伸起手来，马路对面有人按起了车喇叭。

钟爸在车上对她招手：“闺女！”

小豌豆也摆手回应，时深则往后退两步，与小豌豆拉开距离。

钟爸将车掉头回来，看到站在一侧的时深时，笑着问：“同学啊？”

小豌豆回头看了一眼时深，看来爸爸彻底把他忘了。

时深笑得礼貌乖巧，点了下头：“叔叔好。”

“你好，你好。”钟爸又将时深从上到下细细打量一番，很客气地问，“小伙子家住这里吗？”

“我家离这里很近。”

时深很聪明，他像是知道钟爸接下来要问什么，于是主动说道：“我今天打球打得晚，正好过来给钟同学送化学卷子。”

他说的是实话，只不过那句“钟同学”，念起来有些怪怪的。

小豌豆忍不住盯着他看，他似乎没怎么叫过她的名字，就连豌豆也不曾听他叫过。

“那我就先走了，叔叔再见。”时深再次点了下头。

时深走后，小豌豆坐到副驾驶上去，钟爸笑嘻嘻地看着她，又问了一句：“同学啊？”

“爸，你见过的。”小豌豆指指脸，“上次还有北齐嘉，他们都被蜜蜂给叮了。”

“哦。”钟爸这才想起来，当时一个个被叮得跟猪头一样，就记得有个脸白白的小伙子还保持着人的模样，今天近距离接触，发现长得真帅啊。

但这长得帅的，都是危险性的吧？可看这孩子外表，倒也温和。

小豌豆看着爸爸一副若有所思的样子，催问他："我们不回家吗？"

"啊，回，回。"

（3）

钟爸为此偷偷找过北齐嘉，佯装询问小豌豆在校学习情况，拐弯抹角地又说起他们四人小组。钟爸试探性地说着时深和小豌豆之间的相似和不同，继而说着："你觉不觉得他们俩之间……"

意思你懂的。

北齐嘉看着钟爸挑眉、挤眼，长长地"哦"了一声："对，两人是有点不太对付，可能成绩好的人都互相瞧不上。"

钟爸托着腮的手一下子掉了："不是，我的意思是……"

北齐嘉表示我懂我懂，十分得意："时深我兄弟，特听我的话，会跟豆子好好相处的。"说完又开始嘴贫了，"在豆子上大学前，就让他帮我牢牢地看住，好不好……嗯？"

钟爸像看傻子一样看北齐嘉，末了叹口气，拍拍他的肩膀："唉！"

（4）

期末考试后，迎来了寒假。

今年的除夕饭，小豌豆一家是在北齐嘉家里吃的。北齐嘉在饭桌上跟小豌豆玩自拍，随后发到了小组群里。他还把群名给改成“北钟之家”。

赵木子发文字调侃：你们吃的是家长见面饭还是什么饭啊？

北齐嘉一个嘴吐爱心的表情发过去。

赵木子发了语音：噫，侬嘎奥心（你真恶心），我说北齐嘉啊……

她的话没了半截，语音里就听见她突然狂喊“赵长弓！你把老子的红包放下”，随后传出一阵咣当声响。再然后她又发了条语音：“家里有条狗我要收拾一下，你们先聊。”

大家在群里笑开了，赵木子弟弟在念小学，性子还有些跳脱，群里正在说赵木子姐弟的事情时，时深突然把群名改成“理科二班”。

北齐嘉怒了：啥意思啊？

时深：字面上的意思。

北齐嘉：有本事明天台球室单挑啊，谁赢了谁说话！

时深：初三，下午两点，31 号球桌。

赵木子号叫：哇，新年就开战啊，刺激啊，兄弟们！

北齐嘉连发几个炸弹：输了我叫你爸爸。

小豌豆躺在床上玩着手机，对着屏幕一直在笑。

过了十几秒，时深私发了信息：出门多穿点。

他就那么确定自己一定会去，小豌豆发了一个字：好。

于是，大年初三那天，成了北齐嘉最耻辱的一天，小豌豆和赵木子强势围观，打了两轮四十多局，北齐嘉惨败。时深在给杆头打巧粉，他坏坏地咧嘴一笑：“叫爸爸。”

北齐嘉一怒：“滚！”

时深当然是开玩笑的，但是他对北齐嘉另有惩罚，他让北齐嘉交出了群主的位置。北齐嘉觉得无所谓，就转让了。过几天等北齐嘉发消息的时候，才发现自己被禁言了。

枉自己还把他当兄弟！

北齐嘉私聊他：我不服！

时深回：没关系，慢慢来，我打到你服。

（5）

北齐嘉单独请时深吃了烧烤，意为饶命。

时深没吃多少，倒是北齐嘉吃了六个鸡腿，他等得无聊就去对面买水喝。隔壁的饰品店出来两个女孩，偷偷瞧了一眼时深，继而小声交流着。

其中一个女孩的头发泛着晶莹的光泽，一枚小巧的珍珠发夹别在侧边。

女孩发现时深投来的目光，跟同伴说话的声音突然大了起来，她摸着发夹说：“我戴这个是不是特别好看啊？”

“能不好看吗？半年的零花钱没了，后面你就等着啃馍吧。”

同伴的调侃让女孩没了面子，正红脸的时候，隔壁的大帅哥突然搭话了。

“你的发卡在哪儿买的？”

时深的询问让两个姑娘激动万分。女孩指着旁边说：“就这家。”完了还很殷勤地补充，“这是一个高端品牌，都是手工的。”一定是这珍珠发夹凸显了自己高贵的气质，他这搭讪的方式很自然啊。

女孩羞赧万分，正想着接下来的剧情发展，谁知等来帅哥一句：“哦。”

时深拿着水，欲往饰品店走去。

刚迈了一小步，他又转过头来，对着满脸期待的女孩说：“你戴这个一点都不好看。”

女孩：“……”

（6）

小豌豆收到了一份同城快递，精致美丽的珍珠发夹静静地躺在盒子里。没有标签也没有品牌识别标志，普普通通的盒子，还落着快递员没来得及掸落的雪花。

她站在镜子前仔细别在耳畔，珍珠衬着巴掌大的小脸格外明媚，像春日一般温暖。这么好看的发夹，得配上什么表情才最美？

小豌豆拿出手机，对着镜头扬起嘴角，“咔嚓”一下，发了有生以来第一条朋友圈。

一万朵雪花，一千个太阳，

在这个傍晚，

都不如它的光亮。

时深看到的时候，手指在键盘上敲打，笑意无法隐藏：“好看。”

“贵吗？”小豌豆回信息。

“足以与你相配。”

（7）

时深从来没有觉得寒假过得如此漫长。

他站在致远中学的路口，看着信号灯来回转换，依旧不动。后面有个学生，是以前高一的同学，鼓着腮帮子嚼着食物问道：“咋？没你喜欢的颜色啊？”

时深回头，看了半晌想不起名字。同学以示友好，举起早餐：“来个烧卖。”

“不要，讨厌吃。”

同学耸耸肩，眼前的少年依然无趣，索性打了招呼就先过马路了。

又过了二十分钟左右，熟悉的身影映入时深的眼帘。小豌豆咬着热乎乎的烧卖，看到了站在雪中的时深。她连忙整整校服，下意识地摸了摸头上的发夹，这才喊了他的名字。

时深等到她，才开始挪动脚。

小豌豆问：“怎么不过马路？”

“等你。”他如是说。

说话的时候看到了小豌豆别在耳后的珍珠发卡，时深摸摸鼻翼，心里像抹了蜜一般。小豌豆浅浅笑着，将手中的油纸袋递过去：“吃烧卖吗？”

“吃。”

他果断地说，没有丝毫犹豫。

“那我给你拿个大的。”

“要两个大的。”

“你喜欢吃烧卖？”

“嗯……很喜欢。”

（8）

班里重新调了一次座位。刘老师像是有意为之，将小豌豆和时深调了个对角线。一开始刘老师很担心这两个学生，毕竟都是年级前几的好苗子，事实呈现，他们的成绩不但没有后退还在不断进步。

虽说很相信两个学生的品性，但保险起见，两人还是被分开了距离。

赵木子终于如愿和小豌豆坐到一起，而时深的同桌也是可爱的女生。赵木子托腮，用下巴示意："你看她的酒窝是不是从时深那儿克隆过来的？"

时深趴在那儿睡觉，女同桌轻手轻脚地帮他收拾桌子，脸上飘着"嗯，我就是对他有意思"的红晕，小酒窝生得和时深一样让人欢喜。小豌豆没有说话，翻开试卷埋头写起来。

小豌豆觉得化学是越来越难学了，周测的卷子不少红叉叉，也不知道今天哪里心情不好，越看越不舒服。

课间的时候，时深回到座位，他看到小豌豆对着卷子在发呆，正巧他们身边都没人，随即坐下从书包里掏出手机，插上耳机。

小豌豆感受到手机在书桌里振动，她拿出来看了看，屏幕上闪烁着人名，她接上耳机"嗯"了一声。

"怎么了？"时深的声音小小的，教室人多，他在控制。

"没事，在看化学卷子。"

时深舒缓了神色，手托腮，将耳机靠近唇边："我不是把错题给你更正过来了吗？"

"我就是再看看。"小豌豆回答，语气有些生硬，又说了句，

“挂了。”

半分钟都不到的电话，挂得如此迅速，徒留时深一脸蒙。

怎么感觉她有点生气？

他真的好久没有跟她坐在一起了。

好想随时在她身旁，无须分离和仰望，这样无论她有什么情绪，都能第一时间了解。

时深撑着脑袋，是脑电波的信号不够强烈吗？是内心的呐喊不够有诚意吗？还是他不应该改化学卷子去改物理啊？

好郁闷。

（9）

今年的春日有些返寒，路两旁延伸的枝丫上，花骨朵还不敢露出瓣来。

小豌豆和赵木子被北齐嘉叫到操场加油助威。小豌豆的出现让操场上的男生们眼前一亮，青春期的荷尔蒙躁动不安。原本操场边上站着的都是较为粗犷豪迈的女生，现在来了个小水仙似的妹妹，又漂亮又有气质，胆大的男生还冲小豌豆吹了口哨。

“嘿，你是不是二班那个钟浅啊，我叫……”

“砰”的一下被北齐嘉撞了胸膛，他叉着腰：“打不打球？”

时深拍着球，也盯着那个男生。

球场上继续赛着，小豌豆其实没怎么来过篮球场，一开始是不想去，后来是某人不让去，她其实也很想看时深打球的样子。

他个子比一帮男生要高点，头发浓黑，被汗水浸湿后闪烁着耀眼的光泽，他举起手来冲自己的队员做传球手势，北齐嘉和他配合得很好，两人算是队里主力。

时深他们队不管是谁赢分，小豌豆和赵木子都要例行用军训时拍掌的方式鼓励，这是北齐嘉给定的规矩。

北齐嘉发现时深心不在焉，老是针对刚才那个对小豌豆吹口哨的同学。他扭头看向时深：“你怎么回事，老是挑衅人家干什么？”说完，下巴一指。

“我喜欢。”

“你喜欢个什么劲啊？”

时深甩开北齐嘉的胳膊，擦了把汗，撂下一句：“我喜欢挑衅。”

北齐嘉站在那儿，想不明白，叉着腰冲他背影喊了声：“我发现你离开我之后越来越狂野了啊。”

球赛结束后，赵木子还点评：“男生打球就是激烈，要是没有北齐嘉助攻，今天时深就吃大亏了。”

小豌豆帮忙收拾散落一地的外套，在最底下翻出某人的校服：“他能吃什么亏？”

时深抱着球刚好站到她的身后，小姑娘一点反应都没有。

赵木子佯装咳嗽示意，小豌豆叠好衣服，也不知道怎么想的，突然就说：“他是大魔王，只会吃人不会吃亏。”

一转身，大魔王出现。

真是要多尴尬有多尴尬。

(10)

时深发现小豌豆不对劲，具体又说不上哪里不对劲，反正就是有点怪。

小豌豆要发作业本的时候，时深的本子先一步被人抽走了，时深那个可爱的同桌冲她笑了笑："我帮他一起拿。"

这已经不是第一次了。

他就没感觉到作业本不是自己发过去的，是有问题的吗？

男生果然都是大猪蹄子。

小豌豆四人约好去图书馆一起写作业，这天中午，她临时去帮刘老师整理资料，晚去了一会儿。在穿过书架的时候，无意看到了时深替他同桌拿下了书架最上面的一本书。

"谢谢啊。"女同桌说。

时深回了句"嗯"。

小豌豆加快步伐，到座位区找到赵木子、北齐嘉。时深回来的时候，径直往小豌豆身旁的空位走去，谁知她突然将书包放在了上面。

时深有一瞬恍神，随即在斜对面坐下。

随后大家开始写作业，半个多小时，一个眼神都没有乱瞄。

小豌豆起身前往书架，想要再去找一些资料。她站在书架旁寻找着，时深没一会儿过来了。她想要取书，时深伸手想要帮忙，她手快，嗖地抽走了。

时深不甘示弱，一掌握住架子边，挡住了小豌豆的去路。

后面是墙，她走不了。

"你干什么？"时深沉着声音问，他的眼神专注又认真。

小豌豆抱着书，昂着脑袋冲他微微一笑："怎么了？"

她是真的不知道，还是佯装不在意，时深有点捉摸不透。他握住书架的手没有松，反而更靠近她一些。

小豌豆往后挪了两步，立了立。

时深突然来了小脾气，他往中间站了站，想要彻底拦住她。

“你躲着我干什么？”

小豌豆没有轻举妄动，她一如往常的平静，淡然的眸子里映着时深的脸。

时深眼底有笑意：“怎么，怕大魔王吃了你？”

“谁怕？”

小豌豆应着，带着专属的倔强温柔。

有些人天生就是治愈你的药剂，只消她一个眼神就能让你丢盔弃甲。在岁月这条亘古长河之中，分分秒秒都想见着她的笑，又怎舍得去难过呢。

“嗯，你不怕。”

时深长长吁了口气，伸手摸着她的脑袋顺了顺。

“我怕。别气好不好，嗯？”

(11)

夏日来临的傍晚，有最好看的橘红，云烟氤氲，犹如十里红装。

时深就跟在小豌豆身后，在教学楼下的时候，他故意咳嗽一声。

前面的人止步，回头。

时深上前，将书包背好，看着她说道：“跑那么快。”

“嗯，要去舞蹈室。”

小豌豆以为时深有话要讲，谁知他突然弯下腰，将自己不知何时卷起的校服裤腿一点点放下，还拉了一下袜子。

“别太累了。”他说。

小豌豆点了点头，眼底生了柔意。

时深待小豌豆走后，回过头去，楼梯口有人影快速躲闪，露出了白色板鞋。他像是故意一般，让自己的同桌目睹一切。

他嘴角扯了扯，名草已有主，不要来刨土。

（12）

小豌豆给裴灵打电话，例行汇报自己的考试成绩。这一次两人多聊了一会儿，互诉思念之情。裴灵在新城的工作太忙，依旧没有时间回来。

北齐嘉骑着一辆电瓶车来找小豌豆，她刚好结束通话。

“跟哥哥走，带你去兜风。”

“我不……”

“不，你想。”

小豌豆只得认命地跟着他出去，北齐嘉新买的电瓶车就停在门口。鲜红的颜色，看起来十分骚气，北齐嘉拍拍后座：“上来。”

“你哪儿来的车？”小豌豆看着款式觉得不便宜。

“让我爸给买的啊。有时候你不努力逼自己一下，都不知道爸爸多有钱。”北齐嘉骑上车，转动钥匙，“等明年我十八岁了，让他再给我买辆摩托车。”

北齐嘉带着小豌豆到黄浦江畔玩，两人坐在江边静静地看着往来的渡船。北齐嘉就逗她，摸摸她的脑袋：“我家豆子真乖。”谁知她头一歪，躲开了。

北齐嘉撇撇嘴，不好玩，他的豆子长大了，不让摸头了。

“小北，”小豌豆突然喊他的小名，目光还在远方跳跃，“我想去新城看看妈妈。”

“好呀，我也要去，咱把木子也带上！”

小豌豆瞥了北齐嘉一眼，聊关键问题他永远不正经。算了，跟他说了也是白说。

北齐嘉只管贫嘴，无法体会小豌豆的忧愁来自哪里。他一拍大腿，大拇指一歪：“没有什么事情是吃小龙虾解决不了的，一斤不行就两斤，两斤不行来一锅。”

北齐嘉就带着小豌豆去吃麻辣小龙虾，即便最后事情没解决，但是小豌豆缓解了心情。他们对着手机各种自拍，北齐嘉在回家后如数上传网上。

时深看完书，玩了会儿手机，待翻到那些照片的时候一张张点开，放大。小豌豆开心地笑着，眼睛弯弯如月牙般美丽，她散着头发，温柔又可人。

她穿着一件薄外套，黑色的，有点宽松，时深细细一看，那是北齐嘉的衣服。

时深的眼睛可以喷出火来，他把手机屏幕一锁，直接扔后面去，落到了床上。此时门外有人敲门，时妈喊他吃饭。

时深坐到饭桌上的时候，时爸从厨房端出来一盘小龙虾。

“趁热吃，餐厅做好的刚送来。”

那盘小龙虾红澄澄的，只只张牙舞爪，活脱脱跟北齐嘉一个神情，又得意又狂野。时深面无表情地看着小龙虾，终是吐出一句：“我不吃了。”

时爸一脸为什么，时妈同是。

“我讨厌这个颜色。”

说完他推开椅子，回房间去了。

时爸问：“那个，老婆，小龙虾还有什么颜色？”

时妈试探性地说：“要不咱们染一下绿色？”

（13）

小豌豆在操场玩拔河的时候受伤了，手背上有一小块擦破的皮。

赵木子本来是要去教室找创可贴的，倒是让时深急匆匆地把人给带走了，她昂着脑袋对两道背影喊："你咋不跑起来啊，再晚点伤口都要愈合了！"

医务室里只有一个值班医生，她在里头盘点药物，拿了双氧水和棉球给时深又进去了。

时深拧开双氧水，往盖子里倒了一些，他单膝跪地，小豌豆的心跳陡然漏了一拍。她下意识地看向四周，忍不住缩了缩脚，有些坐不住。

"没人。"时深头也不抬地说。

时深用棉球给小豌豆清理伤口，只要擦一下，就吹一下，伤口有凉凉的舒适感。窗台上的阳光弥漫，蓝色的窗帘在卷动，连同他认真的眸，都像在做梦一样不真实。

他低着头，小声问："这几天心情不好？"

"没有。"

时深顿了顿，又道："有事就跟我说。"

小豌豆看着他，乌黑的发梢上有光影在跳动。

她动了动唇，有些想开口的话最终变成了"嗯"。

（14）

下半学期的时候，京京老师给小豌豆带来了一个消息。

新城有一个暑期舞蹈集训班，由国内知名的古典舞老师进行授课，但这个班只收八名学生。京京老师找了关系拿到一个名额，想让小豌豆去。

“你条件好，能得到大师指导，有利于你明年艺考。”

小豌豆也很高兴，不仅是因为机会难得，恰好还可以去新城看妈妈。她当即就说要去，京京老师点点头，又说：“那你就让你爸爸过来，我跟他说一下学费的事情。”

“要多少钱？”

“三万多。”

小豌豆一听这个金额，顿时哑然。

京京老师问：“有什么问题吗？”她不觉得小豌豆家庭经济支撑不起，钟爸近些年在小豌豆学舞蹈的花费上远超这些。

“我回去跟爸爸先说一下。”

“好的。那你先跟他说，放假之前把费用交了就行。”

小豌豆回家后想了许久，三万块不是个小数目，就目前的情况来说，他们可能支撑不起来，所以小豌豆决定，暂且不跟爸爸提这件事情。

但是，她很想去集训班。

小豌豆多次想给裴灵打电话要学费，还是忍住了。她知道爸爸爱面子，如果问妈妈要钱，爸爸心里肯定很不舒服。

针对这个问题，小豌豆琢磨了好几天，想到了一个人。

（15）

北齐嘉吃着小豌豆给买的鸡腿，小脸笑得跟金元宝一样灿烂。

小豌豆纠结了半天，试探性地问：“我能借下你的零花钱吗？”

北齐嘉家境优渥，平时花钱大手大脚，多少应该有些储蓄。

小豌豆突然要借钱，北齐嘉觉得奇怪。他说：“叔叔不给你钱花啊？”

“不是。”

“不给钱这就是变相家暴啊！豆子你得跟我一样强烈反抗！”

小豌豆：“……”

后来小豌豆将集训班学费的事情说了下，没有提到爸爸经济紧张的问题。

北齐嘉就以为小豌豆是想偷偷去新城看妈妈，也支持她去新城参加舞蹈集训。当然事实确实也是这样。他二话不说，豪爽地拍着胸脯说：“哥有钱，哥借你。”

“你有那么多钱？”小豌豆有些怀疑。

“我当然有钱，我爸好几张卡都放在我这儿呢。”

北齐嘉的牛吹得像龙卷风，跟小豌豆保证之后回家就犯了难。他把积攒的钱全部拿出来数了数，只有五千。随后，他蹲在爸爸房间的门口窥视许久，办法总比困难多。

此人脑筋动得快，也动得比较歪。

（16）

于是在某个月黑风高夜，北齐嘉悄悄潜入爸爸的房间，在保险柜前蹙眉沉思，他只试了一个密码，自己的生日，就打开了。

“唉，我爸这智商，令人堪忧啊……”

北齐嘉在那堆现金中拿了三沓，又觉得不妥，放回去一沓。他将钱用卫生纸包起来，小心地放在书包底下，他要随身看管。

后来在学校，北齐嘉把时深偷偷叫到小角落，悄悄地问：“兄弟，借点钱。”

时深面无表情地掏着口袋：“多少？”

“一万。”

时深的手瞬间僵硬在口袋里。他转过头，看着眨巴着眼睛的北齐嘉，说了句：“你是不是有病？”

“怎么了？”

“你觉得我有那么多钱吗？”

“那你有多少钱？”

“一百。”

“我晕，你就那么穷吗？”

“滚。”

“好嘞。”

后来找赵木子，他叼着根草嘚瑟地说：“是兄弟就借我一万块钱，等哥发了给你补偿十块钱利息。”

赵木子看着他，随即钩钩手指，北齐嘉大喜，果然是好兄弟！

他连忙把小脑袋凑上去。

赵木子咧嘴一笑，毫无征兆地对着他脑袋挥过去：“我打！”

（17）

看来光靠借钱是不行的了，北齐嘉在回家路上还在想着法子。

经过天桥的时候，一个乞讨者端着碗在要钱，北齐嘉随手掏了五块钱放了进去，然后目光就被乞讨者面前的一张“悲惨身世”给震惊了，忍不住又掏了十块钱。

他的脑海里，瞬间产生了一个想法。

北齐嘉写了一张惨无人道的身世介绍，家道中落，爸爸被雷劈死，身患白血病几个关键词还加粗加红。除了致远的大门口他不蹲，附近三条街的高校轮流上岗。

在班里的时候，赵木子还问小豌豆：“怎么好几天没见到北齐嘉了？”

小豌豆摇摇头，自从跟北齐嘉说过要去新城集训的事后就没见到人，她有些担心北齐嘉会不会把这件事告诉爸爸。她决定再看到他，就将不去新城的想法告诉他。

北齐嘉的钱来得快，倒霉得也快，他蓬头垢面地蹲坐在某高校门口，不仅脱了校服，还故意把自己的白色T恤弄脏，往脸上也抹了灰。

有人认出他是致远中学的学生，是因为他那裤子，即便捋得老高也不难分辨。这还不是倒霉的终极，来人不仅认出致远中学的校服还认出了北齐嘉。

这个人就是当时他们高一时的年级主任。

“我就说你怎么这么眼熟呢。啊，给我起来！”

主任代表学校到友校来开座谈会，这下会也没开成，气到差点儿高血压，拎着北齐嘉的书包就往致远赶。

北齐嘉嗷嗷叫，想要拿回书包：“我的巨款……”

（18）

北爸真的是提着棍子来学校的，所有在场的老师都拦不住，连刘老师都赶过去了。刘老师是见识过北爸的脾气的，他将北齐嘉护在身后极力劝导：“冷静！冷静！孩子只是一时兴起。”

“一时兴起？他都说他老爸被雷劈死了这是一时兴起？这孙子绝对早有预谋！”

北齐嘉躲在刘老师身后弱弱地说了句："我是你儿子，不是孙子。"

"你给我过来，今天不把你打死我是你孙子！"

刘老师头痛不已，他拍着北齐嘉肩膀："你有这么缺钱吗？"

北爸更是气不打一处来，怒喊："老子钱不够你用吗？你在外面骗钱？"

"够是够……"北齐嘉很是无奈，"但你那保险柜里钱不多，我就只敢拿两沓……"

此言一出，在场所有人都看向北爸。

北爸先是一怔，随即血液上涌，张着嘴"你你你"说了半天，两眼一翻，气晕过去了。

第八章

小白菜可能被猪拱了

星星碎：你喜欢的奶茶一般喝什么甜度？

小豌豆：微糖吧。

星星碎：错，是我的胸膛。

（1）

北齐嘉惊天骇人的事件在整个学校传开了，小豌豆得到消息的时候跑去现场，看着北爸将北齐嘉从教师会议室里给揪出来。

时深和赵木子就站在后面，大家都想不明白北齐嘉这是唱的哪一出。

小豌豆当时就觉得坏事了，想要上去解释，但无奈人太多，她只能在旁劝着：“叔叔，您别打他。”

“我不打，我要把他送到派出所，让警察收拾他！”

北齐嘉被拖走前还在冲小豌豆做“嘘”的手势，觉得自己都牺牲了势必要保住妹妹。

小豌豆默然，她的神情也落进了时深眼中。

北齐嘉本想捂住小豌豆的事，但胳膊拧不过大腿，北爸还是套出来了。北爸当即就给钟爸打电话，小豌豆想去新城集训班的事情还是被知道了。

北齐嘉那天也被亲爸给赶了出去，他身无分文地跑到时深家敲门，开门的是时妈。北齐嘉甜甜一笑：“干妈，我真是太想你啦！”于是那晚就睡到了时深的床上。

时深坐在书桌旁听北齐嘉将小豌豆要去新城的事情说了下。末了，北齐嘉还愤愤不平：“我是家里唯一的儿子，那钱迟早都得我继承！”

时深第一时间就明白过来其中的问题，依照小豌豆的性子，肯定是不会问钟爸要钱的。

想到此，他起身从床头的一个柜子里掏出盒子，里头全是现金，整的零的都有，是他平时攒下的，他递给北齐嘉。

北齐嘉叹口气，在床上翻了个身：“不用啦，叔叔会给豆子交学费的。你还是想想怎么帮我吧，我爸说他儿子被雷给劈了，不认识我。”

后来北爸还是找来时深家了，揪着北齐嘉的领子要把人弄回去。时妈心软，担心这个干儿子受罪就让时深跟上去护着。才走了一条街，北齐嘉就开始卖惨求原谅，北爸也不想啰唆了，指着路边播广告的大音响说道：“来，今天只要喊过这个音响，老子就放了你。”

北齐嘉拧眉，纠结，突然一拍大腿，喜笑颜开地转头看向时深。

时深就是想跑也来不及了，北齐嘉抱住他的大腿：“看在我是为豆子辛劳的份上救救我吧……”

于是时深不顾左邻右舍的目光，彻底不要脸面，跟音响比声音大小，解救兄弟。

北爸是又气又笑。

北齐嘉一昂脑袋：“你又没说让谁喊。”

那天时深跟小豌豆在微信上聊天，询问她是否安好，小豌豆打来电话他都没敢接，因为嗓子已经彻底发不出声了。时妈还觉得儿子跟这个朋友是真兄弟啊，简直用生命在劝架。

（2）

钟爸并没有怪小豌豆，反倒很自责愧疚，觉得让女儿受委屈了。他当即就联系京京老师，把钱交过去了。

小豌豆跟爸爸说：“我可以不去的。”

“你必须要去。”钟爸认真地看着她，“只要是好东西，我都要给我女儿，何况只是个舞蹈集训。女儿，你一定要相信爸爸，钱的方面不用你操心，你只要去做你喜欢的事情就好，其他的什么都不用管。”

小豌豆就在爸爸的坚持下，暑假来临的时候，去新城了。

她知道机会来之不易，满心的憧憬和期待。京京老师临行前跟她交代了一番，从舞蹈室出来的时候，时深还在老地方等她。

“在这里好久了吧？”小豌豆问。

时深抬抬酸痛的脚跟，摇头：“没有。”

两人没有坐，而是面对面站着。但因为爸爸还在家里等自己，小豌豆必须要抓紧回去，可她又希望此刻能再多一点时间，哪怕无言，也想感受到他的存在。

“东西都收拾好了吗？”

时深问她，眼底的温柔无法隐藏。

“嗯，都收拾好了。”

“要去那么多天呢。”时深这话像是对自己说的，他抿抿唇，接着又说，“是不是没时间做作业了？”

“我找时间做就好了。”

小豌豆仰头冲他微微一笑，眼前人就发愣了。

时深知道再不移开目光他又要跑神了，索性侧了点身子。他说道：“你留下化学，其余的都给我吧，我给你写。”

“字迹都不一样。”

时深无奈地看她：“我可以模仿你的字。”

“那好吧。”

小豌豆拿下书包，时深伸手帮她托着，她将各科卷子和练习册都拿了出来，时深又放进自己书包中。两人又并肩走到路口，时间一点一点随之流失。

这次的离别明明是短暂的，却异常的难舍。

小豌豆先挥手告别，时深在她的身后沉默不语，直到她在心中默数到三，才听到时深急切地问了一句：“以后可不可以让我第一个知道？”

他深沉而又真挚：“在北齐嘉之前。”

小豌豆没有回身，嘴角的微笑一如既往的甜，连同那声“嗯”，传递到他的心中。

（3）

小豌豆去新城之后，跟裴灵始终没有对上见面的时间。她每天练舞将近十二个小时。与她同班的学员个个都很优秀，她丝毫不敢懈怠。除了吃饭睡觉之外，不做任何消遣的事情。偶尔翻手机，也是看一下“理科二班”的群聊。

大家都知道小豌豆的训练比较紧张，基本上都不发什么信息，包括时深。

集训班的高强度训练加上水土不服，小豌豆的嗓子一直不舒服，在班里休息的时候还咳嗽了起来。有学员关心地问道：“是不是感冒啦？”

“不是，就是嗓子不舒服。”

“可能没有休息好，我也是，这几天感觉眼睛酸涩，头也有点疼。”

两人又聊了会儿，那个学员要去眯一会儿，小豌豆就坐在休息室看手机，群里头正好在聊天。北齐嘉说为了做乖宝宝哄爹开心，两个星期没出家门了。

赵木子发消息问：你之前到底为什么去装要饭的呀？

北齐嘉：你才是要饭的，我那是体察民情。

北齐嘉又发：唉，豆子走的第九天，想她想她想她。

时深出现了：我不是把你踢出去了吗？

赵木子：他贿赂我，逼我把他拉进来。对了，时深你家也太穷了吧？

北齐嘉问：怎么了？

赵木子：想去他家写作业跟我说连门都没有……

北齐嘉：哈哈哈，老子笑死了。

小豌豆发了一个笑脸。

群里顿时叽叽炸了锅，都在问她近况如何。

小豌豆发了个语音，详细汇报了下。

时深单独发了信息，也是语音，他问道："嗓子怎么了？"

小豌豆反复播放，真是许久没有听到他的声音了。

正当她想回一句语音，老师突然召集大家集合。群里还在聊着，她赶忙关了手机，起身前去集合。

时深等了很久，她都没有回复。

（4）

时深坐在书桌旁，将写了大半的作业本合起来，封面姓名是钟浅。

一直蹲在旁边的橘猫此时挪动着肉爪，慢慢地转移到作业本上蜷缩在一起。时深还在看着手机屏幕，无意间嘟了嘟嘴巴，可爱又帅气。

晚上临睡前，时妈过来找时深。她说："明天我跟你爸要去趟乡下姨妈家，这两天你就自己弄点吃的。"

"好。"时深在给豆豆顺毛，应了一声。

时妈看着豆豆在时深旁边蹭来蹭去，它不睡自己的窝，天天晚上来找时深。时深也变得奇怪，从小就不喜欢小动物，现在却变了性子，宠猫的日常雷打不动。

"那你早点睡，晚安。"

"晚安。"

时妈笑着将门带上，时深继续撸猫，撸着撸着，脑中一个激灵，冒了个想法。

他起身去拿手机，打开订票软件，最早的一班高铁还有两张票，他想都没想当即订了一张，连同返程的。随后他起身拿背包，将身份证、零钱全都装好，又站到书架旁，指尖在书脊上依次滑过，落到《追风筝的人》上，抽了出来。

这一夜，他几乎无眠。

（5）

也许这是时深年少时做的最疯狂的一件事。

不是翻墙逃学、闹事打架，而是毫不犹豫地背上行囊去远方看想念的人。

时深整理好背包，习惯性戴上黑色棒球帽，离开房间的时候豆豆窝在床头看他，刚要喵喵叫，他举起手指"嘘"了一声，豆豆又埋下头。

时深离开家的时候天未亮，时妈时爸还没有走，他知道，他们是不会进房间的。

从海城到新城，是那么近，又那么远。

火车上，时深的位置靠窗，他戴着耳机，里头播放着*What are words*，窗外的景物新鲜而又美好，途经的每一处都有它独特的印记与风光，他撑着下巴，已然入迷。

（6）

小豌豆和同学们在教室里练基本功，透明玻璃上映出她纤细的身形。她站在垫子上提气，利索地下腰翻身，刚数到六，玻璃外出现一个人。

第一眼的感觉是，那个男生好好看，像一个人。

下腰的时候，小豌豆突然反应过来，这好看的人她认识啊。

只听到“砰”的一声，小豌豆四肢发软，后背朝地，摔了下去。

同学们赶紧过来扶她。

小豌豆摸着疼痛的背部歪歪扭扭地站起来，有些狼狈地看着玻璃窗外的人。她还是不敢相信，那竟然是时深。

时深已将帽子拿下，蹙眉看着她，担心刚才那一摔她有没有受伤。

两人视线交缠，犹如隔了世纪。

书上是不是有句话说：所爱隔山海，山海皆可平。

他脸上有倦意，眸子却是带着光亮。小豌豆凝视着他，目光难以移开。

时深从书包里掏出在学校门口买的青梨，说道：“嗓子好了没有，一定要多吃这个。”他出现的原因再清楚不过。

小豌豆从没有这样心乱过，他竟独自出行、跨越千里，站到她面前问她嗓子好了没有。

小豌豆觉得眼前有层雾，声音彻底哑了：“你，是傻子吗？”

她难以自控，不顾周边人的眼光拥住时深，搂着他的脖子险些哽咽。时深多少有些不知所措，怀里的人竟是这般瘦弱，带着想念的香气扑进自己的胸膛。

时深的双手放在她的背上，想到刚才重重的摔倒，心里现在还打着战。

“疼不疼？”

小豌豆的声音竟有些委屈：“嗯，疼。”

于是他像是呵护珍宝一般，轻轻地、柔柔地给她顺了两下。

（7）

时深只在新城待了几个小时，下午必须赶到火车站，大概凌晨可以到家。时间很赶，小豌豆只能带他到集训学校的食堂吃饭。班里的几个女孩子就坐在不远处，一脸笑意地看着他们。

时深拿着筷子，有些拘谨。

小豌豆不顾他人的目光，拿起他面前的茶叶蛋，开始剥壳，一颗圆润滑嫩的鸡蛋露了出来，她直接放进了他的碗里。

时深看着那颗蛋，筷子一戳，咬了一大口。

“你是怎么进来的？这里不让外人进的。”

时深突然就噎了一下，想起刚才在学校门口，保安大叔问他干什么的时候，他想也不想地说道：“我家姑娘是这里的学生。”

此刻面对小豌豆的询问，他垂下眼睑：“就走进来的，没人问。”

吃完饭，小豌豆将时深送至火车站。一路上，两人都没有说太多的话。时深要进站的时候，从包里拿出从家带的书，递给小豌豆。

“如果想……”他顿了顿，改变说辞，“如果无聊了就看看。”

“好，那，你一路平安。”

在人群熙攘的大厅，小豌豆与时深分别。

直至看不到人影，她都舍不得离去，捧着手中的书快速翻动了下，流动的风吹起她眉间的发，目光落在一张书签上。

猫咪在草地上甜甜地酣睡着，脚下的花朵是樱粉色的，素净又美好。

她将书签翻过来，落着隽秀的字迹：

“为你，千千万万遍。”

（8）

小豌豆要离开新城前，裴灵陪她逛了街。在来新城之前，小豌豆无时无刻不想着妈妈，但是现在，集训一结束她就等不及要回去。

裴灵给小豌豆买了不少衣服，连同她给同学们带的礼物也帮忙付账了。最后在一家文具店挑钢笔的时候，小豌豆驻步许久，东西很美，价格也贵。

裴灵的眼光是很叼的，她二话不说就拿了一支限量的款式。

小豌豆很喜欢。

女儿一高兴，裴灵就好说话了。其实她之前就曾旁敲侧击过，现在忍不住直接问道：“浅浅，你老实告诉妈妈，你爸是不是给你找后妈了？”

小豌豆握着笔，有些不明白。

“你爸当时可是跟我发过誓的，一定会让你过好日子，他要是敢给你找后妈给你穿小鞋你就告诉我，妈妈一定当你的面把他天灵盖掀开！”

裴灵觉得女儿被养得不贵气了，小豌豆现在变得有些内向，做事也小心翼翼，她这个当妈的当然第一时间怀疑是不是钟爸苛待女儿了。

小豌豆说爸爸的全是好话，越这样，裴灵就越怀疑。最终她什么也没问出来，反而被小豌豆给质问住了：“你是不是想爸爸了？”

“谁谁谁，谁想啦，要想也是想掀他头盖骨！”

裴灵还自己郁闷了半天，小豌豆只是笑了笑不说话。

爸爸妈妈离婚很多年，却都没有再找另一半，似乎都想用工作来麻痹自己，回避感情。

小豌豆也想不明白，可能大人的情谊，总比年少时多了一份顾虑。

(9)

钟爸和北齐嘉来车站接的小豌豆，北齐嘉看到小豌豆就想要抱她：“我家豆子怎么又瘦了！”必须要抱抱，可下一秒被钟爸一胳膊顶开。

钟爸替小豌豆拿过行李箱，站在北齐嘉和小豌豆中间。

哼，小样，想抱我闺女，这辈子都不可能！

因为小豌豆刚回来，回到家几乎都是陪着钟爸，没有出门。直到快开学的时候，小组成员才开始聚会，他们在小吃店集合，几乎都是同一时间到的。

小豌豆把买的特产挨个递过去，说：“我给你们都带了东西。”

北齐嘉看着时深拿着吃的，凑过那张大脸得意地说：“我比你们还多个礼物，豆子一回来就给我了。”

时深手一顿，沉声问：“什么？”

“一个很酷的摩托车模型，你们都没有喔，嘿嘿。”说完，他还贱笑起来。

那是小豌豆特意给北齐嘉买的一个模型，给的时候还正式为之前的事情道歉。北齐嘉无所谓地摆摆手：“没关系啦，我爸三天不打我就手痒。”

几人吃完饭，赵木子又提议去打台球，打完台球已经到半下午了。时深在前台结账，随后小豌豆走了过来，北齐嘉他们离得远，没有特意关注。

时深看到她，也下意识地看了眼另外两人的方向。

从吃饭到现在，两人视线接触过无数次，却没有说上一句话。

小豌豆打开书包，从里面拿出一个小盒子，递给时深。

“给我的？”时深按捺不住欣喜。

“嗯。”

时深极力在压制自己欣喜若狂的心跳，他打开，是一支黑色的钢笔，笔帽是金黄的。

小豌豆拿出来，拔了笔帽。

“伸手。”

时深照做，将掌心朝上。

小豌豆轻轻捏着他的手指，微凉的笔尖在他掌心滑过，一笔一画，痒到心里。

她写了两个字：钟浅。

“喜欢吗？”

小豌豆在问这笔，外观好看，写字流畅，应该是时深喜欢的类型。

时深垂眸，静静地看着掌心的两个字。

“喜欢。”他毫不犹豫。

小豌豆将笔盖起，放回盒子里。

时深收好，放进了口袋里。他看见北齐嘉他们开始往这边走来，下意识地就问了一句：“我跟北齐嘉……”

时深轻咳一声：“哪个，哪个的贵？”

他窘迫得红了脸，当即懊悔话没过脑，但是已经来不及收回了。

时深暗暗吁口气，别过脸去。

小豌豆嘴角的笑，时深没有看见，只听到她说：“你贵。”

话音落下，北齐嘉冲他们招手：“我们走吧。”

二人齐声应答：“好。”

（10）

传说中地狱般的高三，到来了。

赵木子天天吐槽老师们变态，发的试卷都能做床被褥了。文科班刚开完家长会，说是为即将奔赴独木桥的孩子们商讨人生大计。

北齐嘉跷着二郎腿给他们打预防针：“分明就是州官联合，想灭我们这群老百姓的灯！大爷我当晚回家就挨了亲爹两脚！”

赵木子心儿慌慌，要知道她上周小测没考好，还花钱让弟弟赵长弓给签的字。她顺着胸脯说着："还好我们没开。"

话没出半天，刘老师来通知下周开家长会，说家里必须来一人。

就在所有人都以为赵木子认命，没辙的时候，家长会那天降临了一位高人。

小家伙刚念六年级，剃了个寸头，一脸的婴儿肥看起来虎头虎脑的，他就是跟赵木子一天能打十次架的弟弟，赵长弓。

赵木子跟小豌豆说："别看他傻，"随后指指脑子，"精着呢。"

赵长弓真是道高一尺魔高一丈，跟刘老师对战毫不畏惧。他端着腔调说着："是您说家里来一人，可没点名说来谁。木子的事情您尽管跟我说，毕竟户口本上我也占着一页呢。"

事情突发的还不止这一起，小豌豆和裴灵例行通完电话的第二天，她就打飞的回来了。裴灵正苦恼找什么理由回来看看钟爸有没有给女儿找小后妈，这个家长会开得恰是时候。

钟爸对于裴灵这种爱擅自做主的举动表示不满，裴灵也不是好惹的主，两人即便许久未见怼起来也毫无障碍。裴灵坐在家中沙发上，宾至如归的模样。

她一边眯眼看四周有没有女人活动的痕迹，一边说着："这么重要的家长会当然我去开，毕竟我们好看的跟好看的在一起玩，至于你嘛——"轻飘飘地"嘁"了一声，"小时候被猪亲过吧。"

亲爸亲妈针锋相对，句句见骨不见血。小豌豆看着他们站在一块，许久不见的温暖在心头摇漾。最终钟爸和裴灵以石头剪刀布决胜出谁去参加家长会。

三局两胜，裴灵胜。

钟爸有点不爽，哼了一声："每次都出那么慢，作弊！"

（11）

时深在进教室的时候，北齐嘉撒丫子狂奔而来，对着自己身旁的一位女性家长喊着：“妈！妈！”

北齐嘉的妈妈早已去世，那现在喊的这个……

时深快速在脑海里转了一下，想明白的时候立刻贴到门上，给这位漂亮的女士让道。

果然，这是小豌豆的妈妈。

裴灵看到北齐嘉也十分热情，摸着那颗大脑袋说道：“小北呀，怎么又蹿个头了？”

“妈，我想死你啦。妈，你要待多久啊，去我那儿住两天呗。”

北齐嘉一口一个妈，叫得十分热络。时深站在旁边冷眼旁观，幸亏时妈今天没来，要不然可乱了套了。

裴灵当即就从钱包里抽出几张红票子，一脸慈爱：“来，拿着买糖吃。”

北齐嘉那个矫揉造作，自己把口袋撑得老大，还咬唇撒娇：“人家不能要。”钱入口袋的时候，咧嘴笑得欢畅，“谢谢妈！”

时深待看到裴灵之后，很是注意自己的一言一行。

此次家长会也没有说太多东西，无非是多关注孩子成绩的话题，本来是可以毫无波澜地结束的，但时深怎么都没想到，他会引起裴灵的注意。

刘老师让所有家长过来签字，时爸上厕所去了，时深就帮忙代签。就在他从文具袋中拿出钢笔的时候，那个笔帽闪了下金光。裴灵看着时深一笔一画地在单子上签了字，直至他抬眸，两人对上视线。

裴灵友好地笑了笑，问着："同学你叫什么？"

"时深。"

那瞬间时深的心险些停止跳动，他觉得自己面不改色，波澜不惊。

裴灵又细细端详了他一番，少年模样很是俊俏啊。过来人的经验告诉她，这个少年与小豌豆必然有交情。

当天裴灵就去找北齐嘉，摸着他的脑袋温柔地问："咱家豆子有哪几个好朋友啊？"

北齐嘉大拇指一歪，全盘托出："时深！赵木子！"

（12）

小豌豆没有想到钟爸会让裴灵住在家中，而且他们的关系竟然一夜之间缓解，还时不时背着她说些悄悄话。

这个进展迅速得让人有点匪夷所思。

晚上在从舞蹈室回家的那条小路上，小豌豆和时深并肩走在一起，还在想着家中爸妈的事情。

时深看着她瘦削的侧颜，微微蹙眉："你怎么瘦了？"

小豌豆闻声看他，漂亮的马尾划了一个弧度，散着洗发水的清香。

"在减肥。"

"不要减肥，你不胖。"

"不胖吗？"小豌豆听着挺开心。

"嗯。"时深是知道她的。那次在小豌豆和高老板起冲突的时候，他紧紧抱住了她，小小身材，瘦弱得他一只手臂就能圈住。还有在新城参加集训，小豌豆后翻摔倒，他给她顺背。

每每想起这些画面，时深都红了脸。

“好，那就不减了。”

两位同学聊得忘我，殊不知后面跟着两条尾巴。

钟爸和裴灵双双戴着黑色口罩，扒着电线杆一上一下上演着007特工大片。裴灵火眼金睛，小声地说：“两点钟的方向，他们是不是牵手了？”

钟爸抱着电线杆仔细地瞧：“牵了吗？”

裴灵也看得不是很清楚，毕竟距离有些远，但唯一能确定的是……她叹口气，看着钟爸：“完了，咱家白菜这么早就让猪给拱了。”

（13）

时深是最先发现被人给跟踪了。

之前有好几次放学，他总觉得身后有人。后来为了确认，他特地站在了街口竖着的道路转弯镜前，透过椭圆形的凸镜，看到了那位漂亮女士。

小豌豆的妈妈。

时深破天荒地紧张起来，大步往前一迈，砰地撞上了柱子。

镇定，镇定。

他忍着额头的痛感，用手撑着，头也不回地往家奔，幸好漂亮女士没有跟上。

晚上，饭桌上时妈时爸捧着碗，佯装吃米饭，余光却在对面的儿子身上。至于那额头上肿到发紫的大包，也不知道为什么，时妈时爸就是不敢问。

睡前时爸还在纠结时深额头的伤：“都说青春期的男孩子容

易冲动，你说时深是不是在学校跟人打架了？”

时妈一点都不在意，在给脸上一层一层地涂护肤品：“那我们就等着刘老师通知好了。”

“啧，这不行啊。”时爸掀了被子，有些着急，“要不咱主动问问？”

时妈瞥他：“你去问？”

时爸当即爬上床，将被子盖好：“那还是睡觉吧。”

（14）

晚上，小豌豆伏在书桌旁叠星星。这一次的心情跟以往不同，她嘴角噙着笑，眉眼比窗外的明月还要好看。每一颗小星星都承载着她的曾经，五颜六色，闪着过往忧愁的光芒。

但是现在，她叠星星时心底是柔软的。

小豌豆将一颗红色星星放进去，晃了晃玻璃容器。那些星星发出沙沙的声响，随后沉寂下来。

小豌豆将盖子盖起来，俯身趴在桌子上看着。她的眼睛像水一样通透，睫毛如蝶翼，轻轻眨动，连同空气都变得香甜。

有敲门声打断她的思绪。

钟爸和裴灵进来的时候正看到小豌豆将玻璃瓶放置书柜最上头，两人对视一眼，不要急，要以静制动。

钟爸是比裴灵知道一点的，当初见过那小子就觉得不简单，现在看来，何止不简单！

护女心切的钟爸，此时是跟裴灵站在同一条线上的。

后来聊天中，裴灵说暂且不回新城了，听从刘老师建议，将陪伴小豌豆冲刺高考。

“那你的工作怎么办呢？”

钟爸连忙替裴灵回答：“没事，你妈这一年业务不重。”

“对啊对啊，留下来陪你。”

以往那些年，任自己怎么说妈妈就是不回来，现在不仅回来，还要放弃工作。

小豌豆铺开化学练习册，想着爸妈这些时日的不对劲，以往水火不容隔着电话都能开战，怎么现在到哪儿都是双剑合璧。正思忖着，突然发现本子上一处答案被修改的痕迹，落款有一个类似笑脸的符号“∧ O ∧”。

她不动声色。

钟爸和裴灵都看到了，钟爸呵呵笑两声：“这个笑脸真可爱。”

他们完全不知深意，只顾扯着话题闲聊。

小豌豆轻轻合上，那不是普通的笑脸，是化学通式，醚链。

醚链，音似迷恋。

（15）

裴灵的陪伴简直可以用盯梢来形容。小豌豆想起妈妈来接自己放学的时候，时深躲闪的眸。她就想到什么，问他：“之前你的额头怎么回事？”

时深很镇定：“睡觉的时候磕到床头了。”

所以，小豌豆只要离开学校的范围，裴灵必出现，而时深也会随之消失。

国庆节放假的那几天，小豌豆跟钟爸说要跟同学去玩，裴灵也不知道从哪儿冒出来，万分警惕：“哪个同学？”

“班上同学。”

“班上同学有什么好玩的，我给你找一个。”

随后裴灵就找来了窝在家里打游戏的北齐嘉，悄悄地将其拉至一边塞了几张红票子：“小北，你要当我是妈就不要让豆子单独跟别人在一起，每天按时回来给妈汇报。”

“啊？”

裴灵又塞几张。

北齐嘉见到红色就发晕，二话不说：“好嘞！”

于是北齐嘉莫名其妙地跟在了小豌豆身后，像保镖一样看着小豌豆和赵木子。

赵木子郁闷地回头望：“你妈拿钱就让北齐嘉当你的小尾巴？时深又去哪儿了？”

小豌豆看着路前方，神色不明，只说了句：“不知道。”

假期的最后一天，小豌豆突然问北齐嘉：“你打单机还是联机的游戏？”

“当然是联机啊，跟兄弟们一起组队。”说罢，他委屈地看着小豌豆，“你是不是把你妈给得罪了？为了陪你，我都好几天没上线了。”

“还有谁跟你打游戏？”小豌豆耐心地问着。

“时深啊。”北齐嘉一拍大腿，“哎！我带你去时深家玩吧，他有游戏机呢！”

小豌豆垂下眼睑：“这不好吧？”

“没关系，你只要不告诉咱妈我去打游戏就好了。嘿嘿，毕竟拿钱要办事嘛！”

（16）

这是小豌豆第一次来时深家。

时深不是一般的诧异。时爸时妈在客厅坐着，看到北齐嘉进来，时妈坐在那儿熟络地打招呼：“北北来玩啦。”

待看到北齐嘉身后还有一个姑娘的时候，时妈当即就站了起来，推推时爸：“来新客人了。”

小豌豆站在门口，微微有些拘束，但是很有礼貌。北齐嘉鞋子都不换就跑进去，小豌豆乖乖地站在那儿等着主人开口允许。

时爸时妈也是首次见到女生来家里，还是这样恬静柔美的小姑娘。他们下意识地整理衣服，生怕哪里不端正。

“那个，进来啊，不用换鞋子。”时妈热情地招手，这小姑娘光站那儿就很可人。

时深看小豌豆还不好意思动，就将自己的拖鞋脱下，弯腰递到她面前，然后他打赤脚。

小豌豆什么话都没说，抿抿唇友善地笑了笑。

她穿上了那双又大又软还暖和的拖鞋。

时妈让时爸招待，自己跑去厨房榨果汁了。以前北齐嘉来都直接喝可乐，现在有女孩子，多少得弄得精致点。

弄好果汁，时妈还把一盒客户送的进口饼干给拆了。

“吃啊，都别客气。”

时妈时爸齐齐坐在小豌豆对面，北齐嘉是真的毫不客气，抓起饼干吃得满嘴都是。小豌豆拿了一块，小口小口地吃着。

浑身散发的小公主气质，与身旁北齐嘉小土狗的样子天差地别。

时妈盯着小豌豆的脸看，皮肤白白的，像是水煮蛋。小姑娘那双灵动的眸子最吸引人目光，她只要一开口，哪怕说“谢谢”“嗯”，都让人心里怪痒的。

“妹妹，是时深同学吗？”

北齐嘉插话，跟小大人似的：“她叫豌豆，我发小，也是时深他们班班长。”

“哦，班长啊。”时爸顿时肃然起敬，要知道他儿子从小到大没做过班长。时深曾在高一做过班长的事情没有跟家里说过。

时爸好奇，又说：“不过，你这个名字很奇怪啊。豌豆，是那个吃的豌豆吗？”

时深的表情很难看，他开口：“爸。”

他真是服了。

小豌豆笑着说：“叔叔，我大名叫钟浅，时钟的钟，深浅的浅。”

时深的心，有些酥麻。

所有人都没有意识到她介绍名字的含义。

但是，他懂。

(17)

后来他们在客厅聊了一会儿，北齐嘉跟时深就去房间玩游戏了。

待孩子们上楼去，时妈还有些兴奋，跟时爸说：“时深的这个班长生得好看呀，还是年级第一！天哪，谁家有这个孩子半夜都能笑醒吧？”

时爸有些惋惜：“可惜不是我家的。”

时妈也叹：“唉，谁说不是。”

时深带着小豌豆和北齐嘉上楼，都走到房门口了，突然想起一件事。他跟身后两人说：“你们等一下。”说完开门进去又火速关上门，还反锁了。

北齐嘉在那儿挠门：“你干什么啊？”

时深走到书桌前，拿起笔筒旁的学生胸卡，紧紧握在手中，这是小豌豆当初遗落的胸卡，得亏他瞬间记起来了，要不然待会儿胸卡的主人进来看到多尴尬。这个危险之物险些让他暴露，该放哪儿呢？

门外北齐嘉还在敲门，笑说：“你是不是在里面藏内衣内裤啊？”

时深隔门白了他一眼，视线还在四周搜寻安全的地方，但感觉哪里都不安全。最后他的目光落在垃圾桶上，想也没想，直接扔了进去。

北齐嘉一坐到电脑桌前便沉迷游戏无法自拔，时深焦灼地陪着玩了几局，后来故意被击败下线，这才能到阳台上去看小豌豆。

她和猫咪玩得正起劲。

过了一会儿，时深才开口问：“你是有什么事情吗？”

两人都在猫咪面前蹲着，一个摸脑袋一个顺脊背。

天已晚，月色正美。

小豌豆知道裴灵为什么要留下来了，连同爸爸那掩藏不住事的眼神，她下意识地想主动去解释，但是她又能解释什么呢，在这个不合适的时机里，能做的只有沉默。

但是，她还是想亲自和时深说一声：“对不起啊。”她指指额头，虽然不清楚具体情况。

她聪明，哪怕他不说。

时深觉得小豌豆现在的处境多少会有些受困，她一定比自己还要难办。想到这里，竟还有些懊恼，他看向一边，小声说：

“没事。”

从来没有像此刻这般期待，想要时光快些走，想要再长大一点。

也许那个时候，为彼此可以无比勇敢。

小豌豆看着他温柔的侧颜，心尖上的名字在摇曳：“你再等一等我。”

（18）

时深站在楼下，送小豌豆和北齐嘉离去。

两人走了老远，小豌豆突然回过身，冲时深招招手，时深情不自禁地往前走了几步，最后停下，也挥挥手。

那天晚上睡觉，时深突然噌地从床上跳起来，赶忙下床去看书桌旁的垃圾桶，桶被换了新的垃圾袋，空空如也。

他跑下楼，看到时妈在整理客厅茶几，他急急地问道：“妈，我房间垃圾桶里的垃圾呢？”

时妈指指外头：“倒垃圾站了啊。”

时深连外套都没穿，穿着单衣就跑了出去。

时妈站在那儿一头雾水：“咋啦，有炸弹啊？”

深夜的垃圾站，一个单薄少年借着微弱灯光在翻垃圾，这个小区的居民真是太能造了，他废了好一番功夫才在最底下找到了自己房里的垃圾。哦不，自己的宝贝。

时深握着那小小的胸卡，这才放心地回家。

香樟树下，月光随着时深的脚步被揉碎在地，头顶有沙沙声响，风将落叶吹到他的头发上，他一抬头，就看到了天上的明月。

这世间啊，只有明月懂他的心了吧。

第九章

他的小星星

星星碎：你知不知道甜的100种方式？

小豌豆：吃糖，吃蛋糕？

小豌豆：还有98次的想你。

（1）

十二月的海城，温度竟然又回升了一点。

所有人都在等着、熬着学期结束，小豌豆比其他人还要忙一些，除了在学校费脑子还要在舞蹈室拼体力。因为月底艺校招生就开始了，她要去舞院参加考试。

北齐嘉很久没来舞蹈室了，这段时间天天过来跟她吐槽。

听说北爸要给北齐嘉介绍个朋友，还是个女生，后来才知道那是商业伙伴家的孩子，家长们处得好，就想让孩子们也多接触接触。

北齐嘉看透一切：“我爸就想利用我吹彩虹屁的能力，来巩固两家的利益往来，都不知道对方长了几个眼睛几个鼻子的，我烦都烦……”待看到对方的容貌时，他两眼放光，“一点都不烦啊。”

小豌豆从头到尾就看戏旁观，后来北齐嘉发现对方太“公主病”了，人家小豌豆同样是千金公主，怎么差距就那么大！那姑娘看不起人，说他连她脚指头都配不上，要不是家里长辈的意思，北齐嘉得提前预约三年才能见她。

几天后，北爸直接揪上败家儿子的耳朵：“好你个北齐嘉，我让你去套近乎，你干了什么？那是李家的千金啊，你竟然往人家咖啡里倒风油精，脑子‘瓦塔’啦！你这个挨千刀的……”

北齐嘉疯狂吐槽那个李家千金，说其自认为是举世无双、美貌绝伦的花仙子，便趾高气扬、颐指气使的，他实在受不了了，一定要想办法恶心她一下。

在酒店，他无骨娇软般挽着时深的胳膊："讨厌，人家错了啦，这些日子我跟李家妹妹清清白白什么事情都没有发生的，不信人家剖开胸膛给你看。"说着就拿时深的手去摸胸口。

要不是北齐嘉说要带小豌豆来做挡箭牌，时深才不会多管闲事。

事实证明找男生这个方法太好用了，李家千金当场就不想跟北齐嘉来往了，直勾勾地盯着时深说道："帅哥，我们现在认识还来得及。"

时深为此惹事上身，轮到北齐嘉开始看戏。小组四人在外聚餐的时候这李家千金也不知道从哪儿打听的消息，冲过来就找时深，这下可热闹了。

赵木子远远看着他们在路对面谈话，嗤之以鼻："缠完那个缠这个，有钱了不起啊。"

小豌豆倒是没说什么，只是静静地看着。

马路对面，李家千金被时深"已有喜欢的人"为由拒绝，她就往小豌豆那边瞧了瞧，当下就明白了，可还是不服气："我到底哪里比不过她？"

时深只是轻飘飘看了她一眼，两个字解决问题：

"你丑。"

（2）

小闹剧一直延续到月底才结束，小豌豆在裴灵、钟爸和几位老师的陪同下去了新城。

如果说小豌豆没有压力那是假的，来新城之前那几日每晚都睡不好觉，夜深人静的时候她握着手机多次点开某人的对话框，裴灵的声音就从身后传来：“干什么呢？”

没办法，她的妈妈就是这样精力旺盛。

就在小豌豆要关机的时候，屏幕亮了一下：“加油。”

此时是凌晨 02:14 分。

原来时深跟自己一样，也是无眠。

时深此时正躺在床上，床头的台灯光芒微弱，他翻看手机直到触碰到食指尖上的水泡，这才“嘶”了一声。那颗水泡已经三四天了，还隐隐作痛。

在小豌豆要出发新城的那几日，时深经过一家手工发饰店，店家是个漂亮的小姐姐，她看到时深盯着柜台上的各色头绳出神，觉得好奇。

“同学，你是要买头绳吗？”

时深还穿着致远中学的校服，他摸摸鼻翼，点点头：“嗯。”

小姐姐给推荐了一些，时深都没有看上，他问道：“有没有加粗加厚的，可以把长发固定得紧一些？”

“多长的头发？”

时深想了想，很认真地回答：“很长，很亮，很美。”

小姐姐意味深长地看着他，少年心思也太浅了吧。

时深眼光高，挑不中，最后小姐姐就把自己的材料包给他翻了出来，让他买回去自己做。于是时深回家挑灯夜战，使用胶枪不当指尖被烫了个泡。

那日放学，在下楼梯的时候，时深快速将做好的头绳放置小豌豆书包的侧面。小豌豆回头，时深替她拉好拉链，擦肩而过时小声说了一句：“去新城用。”

希望她以最美的姿态赢得成功。

小豌豆考试的现场，头发盘得十分漂亮，黑色头绳比以往买的都紧致些，虽然做工有一些粗糙，但这是她用过的最好的头绳了。

(3)

将近十天的日子，小豌豆不负所望，顺利通过三试，接下来就要等四月的结果公布。她那颗悬着的心稍微放下了一点。

北齐嘉兴奋地做了个横幅挂在了学校门口，他拦着门卫和保安不让拆，一个劲地呼喊：“高三（2）班！钟浅同学！顺利通过舞院考试！”

保安气得拿起对讲机呼叫同事：“快点过来，把这学生给揪到主任那儿去！”

“来啊，走过路过的，不要错过！”

时深到学校门口，就看到保安和北齐嘉斗争的一幕，他抬头看了看醒目的横幅，昨天就收到了小豌豆通过的消息，她说：“你是第一个知道的。”

于是他走路都自带风。

在经过北齐嘉身旁的时候，北齐嘉喊他：“兄弟，过来帮我搭把手啊。”

保安死死抱住北齐嘉，问时深：“这是你同学吗？”

“不认识。”

时深目不斜视，径直走过。

“喂！豆子的大喜事啊，普天同庆啊，帮忙啊兄弟……”话音未落，他就被保安给拖走了。

小豌豆就站在不远处，追随着时深的背影，连同入冬的第一片雪花，落入肌肤悄然融化。她浅浅微笑，慢慢往校门口走着。

一步一步，都是他留下的脚印。

时深感觉到什么，一回头就是小豌豆清丽的笑脸，鼻尖被冻得有些红，像极了家中猫咪粉嫩的鼻子。他“扑哧”一声笑了，也不管有没有人，冲她挥手：“来，快跑。”

·

（4）

小豌豆参加完舞院考试，回来之后便短暂地闲下来了，偶尔还帮着赵木子补习功课。

有一天，赵木子突然说：“我弟明年要考初中你知道吧？”

想起那个虎头虎脑却是个小人精的赵长弓，小豌豆点头：“怎么了？”

赵木子趴在桌子上有些苦恼：“我爸妈让我给他找个家教，说必须成绩要好，最低要年级前三。”

说到年级前三，小豌豆自然而然想起时深来。

赵木子干咳两声：“没错，我找过时深，但人家说了，不教废柴。”

这确实是时深的风格啊。

小豌豆看着赵木子冲自己撒娇眨眼，已然看穿她的心思：“你想让我去教？”

“咱是不是好姐妹？我弟就是你弟啊，再说还有这个拿呢。”说完，她拇指和食指在一起搓呀搓呀，似乎要搓出小金花来。

小豌豆想了三秒，寒假马上就要到了，她正想该用什么理由出门。赵长弓的补习，确实是个恰当的时机，于是她答应了。

于是赵木子立刻回家跟爸妈开家庭会议，说是要换一个更好的老师来。爸妈当然高兴了，紧接着，赵木子故作惋惜，拇指和食指又搓了起来：“就是这个问题。”

“咱们给的费用是按行价来算的呀。”

赵木子“啧”了一声：“前三都配不上我们长弓，我给他请的可是年级第一！还想不想让他考致远了？还想不想这唯一的儿子让你们光宗耀祖了？”

“那你的意思是？”

“就把今年赵长弓的红包给我吧。”

于是这对常年殴斗、阴谋阳谋各种使的姐弟俩当晚就撕得你死我活。

（5）

赵木子请小豌豆出去逛街吃饭，北齐嘉也跑来相蹭，这让她颇为嫌弃：“就知道蹭吃蹭喝，你还能蹭什么？”

“大爷我身价万千，哄得我高兴了，以后换你蹭我！”

赵木子啐他：“滚！”

三个小伙伴累了便坐在拱桥上休息，赵木子拉过小豌豆：“来，自拍，选个兔子的表情。”

小豌豆可爱地举起剪刀手，赵木子“咔嚓”一下，看后嗷嗷直叫：“怎么我的脸那么大啊，你往前靠，咱们拍好看点。”

旁边的北齐嘉硬要挤进来，赵木子不耐烦：“本来屏幕就够小了……”

“我也要拍。”

“你拍什么？”

“我也要拍兔子。”

赵木子一把搂过北齐嘉，对准镜头的时候说：“我看你就像只兔子，怪可爱的。”

镜头开了美颜，赵木子是没看见，倒是小豌豆在旁侧看得一清二楚，北齐嘉被圈着脖子的时候脸上陡然升起了红晕，爱贫嘴的他破天荒没有回话。

赵木子保存照片往群里发的时候，北齐嘉还装作咳嗽往旁边移了移。

小豌豆在一旁看得明白，她忍住笑，这两个人是不是对某些事情还不自知啊？

（6）

当天晚上，时深躺在床上玩手机，豆豆就窝在他的腹部睡觉，房门被敲了两下，时妈端着切好的水果进来。

时深将豆豆抱下去，放下手机起身去接盘子。时妈无意看见那手机屏幕还在亮着，一个顶着兔耳朵的小姑娘笑得眉眼弯弯。

“这是？”时妈忍不住指指床上的手机。

时深回头，眸子里闪了闪光，扑上去就把手机锁屏。

“没什么。”

时妈站在那儿眨眨眼，这个“此地无银三百两”演得有些尴尬啊。关键自己还要表现出一副什么都不知道的样子，时妈就找其他话题："作业写完啦？"

"嗯，写完了。"

接下来两人无话，站在那儿莫名觉得有些局促，时妈刚准备走就看到猫咪跳上桌子去嗅那盘水果。

时深呵斥出声："豆豆下来！"

这一声喊让时妈突然想起照片上的小姑娘的名字：豌豆。

豌豆，豆豆。

时妈像发现了新大陆一样，但又不敢轻举妄动，心中的情绪早已波涛汹涌。她一脸平静地说："你吃吧，我去做晚饭。"说完走出房间，关门，立刻就往房间小跑。

时妈要把"前线"消息传达给一家之主。

"我发现了大秘密，大秘密哦。"时妈捧着手机，坐在床边压低声音，生怕被楼上的人听见，"你还记得时深的班长吗？"

"记得啊，钟浅啊。"时爸回着。

"小名你还记得不？"

"叫，蚕豆……哦，不，豌豆。"时爸见她提起小姑娘，也有些好奇，"怎么了？"

时妈一拍大腿，有点兴奋："她跟咱们家崽崽，豆豆一个名字啊。"

时爸单纯，理解不了："然后呢？"

"你不觉得奇怪吗？她叫豌豆，时深的猫就叫豆豆，这中间有关联呀。"

时爸在电话那端抽抽嘴角："这能有什么关联？以前我养的

泰迪还叫萍萍呢，不跟你一个名字吗？”

“是不是活腻了？”时妈怒了。她这辈子对时爸把自己的小名用在狗的身上一直愤愤不平，后来因为时深不太喜欢小动物，再加上工作繁忙，那条“萍萍”就被送到乡下去喂养了。

本来时妈是要跟时爸讨论关于小豌豆的话题，后来演变成“翻旧案”，这对结婚二十多年的夫妻因为一条狗争吵不休。

时深在下楼去厨房喝水的时候，听到妈妈在房间里吼道：“说到底你就是不爱我！”

他站定，又听妈妈喊：“那你说爱我，现在就说。我管你旁边有没有人，你敢说吗？”

最后时妈软软一句：“这还差不多。”

看来两人热恋期还没有过，时深喝完水上楼，身后还跟着猫咪。上到中间的时候，时深特地回头看一下，声音温柔：“走，豆豆。”

（7）

爆竹声响，新的一年终于到来。

小豌豆家今年过年算是全家团聚了，年初一去了北齐嘉家中拜年，后来还去了乡下。裴灵被几个七姑八婆围着问八卦，后来问不出什么就捉了小豌豆。

“你爸妈是要复婚吗？”

小豌豆摇头：“不知道。”

“妹妹呀，咱都当你是自己人才说这些话，你爸妈要是不复婚，还是赶紧跟你妈走吧。你妈老有腔调了，你爸哦……”对方撇嘴晃手指，意思是不行。

大妈们集体附和，尖嗓子，小眼睛，一副趾高气扬的做派。

裴灵耳朵灵光，当即就冲过来，指着大妈们怒言："你嚼舌根的毛病是绝症啊，没钱看我给你赞助，再不济医院床位我给你安排啊……"

小豌豆拉着裴灵，从没见她这样发过脾气。裴灵手脚并用，把人都给吓跑了。

"还治不了你们了。"裴灵在整理衣服，这才发现女儿站在一旁看着自己。

小豌豆缓缓开口："妈，你这是在替爸爸出气吗？"

裴灵也不反驳，清清嗓子说道："在这个世界上，我不能让两个人吃亏，一个是你，一个是你爸。"

"你还爱爸爸吗？"小豌豆问出了埋藏在心底许久的问题。

她们站在乡间田野上，踩着融化的积雪，听着鸟雀在枝头喧闹。

裴灵这下不说话了。小豌豆顿了顿，又说："你留下来并不是因为要看住我吧，只是为了找个由头跟我爸在一起。"

裴灵被说中心事，春日的阳光渐渐变暖。

她可能注定要做一个不称职的妻子和母亲。

"浅浅，这就是为什么小孩子全都要，大人才做选择。等你长大了，或许就明白了，我跟你爸可能不会再像从前了，但无论怎样，爱你，是一如既往。"

（8）

小豌豆说要去给同学的弟弟补习，裴灵一句也没有多问。

赵木子那天外出，就她父母和弟弟在家。赵家父母告诉小豌豆赵长弓在房间写作业，随后就出去买菜，想要中午款待一番。

赵长弓房间的门开了一点缝，小豌豆礼貌地敲了敲才推开。她压根就没有料到，头顶会有一盆冰水正候着自己。小豌豆猝不及防地被水浇灌全身，塑料盆落在地上打着旋，赵长弓前一秒装乖写作业，待看到小豌豆的惨状时跳上凳子就大笑。

“还年级第一！你跟赵木子都是笨蛋！”

赵长弓冲她龇牙，很是嚣张：“叫你帮她抢我红包，我们现在是敌对阵营，亮出你的大刀来吧，要么你死，要么我亡！”

小豌豆哪有什么大刀啊，她捋着湿答答的头发，忍不住打了个寒噤。她算是明白为什么来之前赵木子说要小心，心想着一个六年级的孩子能有多调皮呢。

中午落座吃饭，当小豌豆的椅子“哗啦”一下全散架的时候，她坐在地上吁了口气。好心的父母将可怜的老师扶起来，随后就满屋子追着赵长弓打，小豌豆觉得自己练后空翻都没有这样摔得疼，她揉着屁股坐在被两个长辈保护的区域，拿起筷子吃了一口米饭，嘴里“咯吱”一声响，牙齿有些痛。

小豌豆吐出一颗白色的石子。

赵长弓远远地咧嘴笑，像极了小恶魔，还模仿着游戏里的声音：“Triple Kill（三杀）！”

（9）

北齐嘉被赵木子约出来，要在徐家汇买东西。

这天云淡风轻，远远地，北齐嘉倚靠在商场门口，看到一只花蝴蝶飞过来。

赵木子穿着浓墨重彩的棉布连衣裙，待看到人时，上了膛的机关枪腿改为小碎步，羞答答地走过来。她摸摸耳畔别着的小石榴发夹，比涂的唇彩还要鲜红。

北齐嘉歪着脑袋看她，好奇地问她：“你是把调色盘穿身上了吗？”

赵木子握起拳头往他胸口一捶：“我就知道你嘴里没好话！豌豆还说我穿这个男生喜欢，我看你压根就不是个男生！”

其实她的打扮很好看，只不过北齐嘉看素颜看惯了，有点不适应。

“我怎么就不是了？”北齐嘉正正衣领，摸了下鬓角，“严格说起来我还是个男人，今天就让你看看来自男人的魅力。”

别说，北齐嘉每次讲大话的时候，侧颜看着真是帅气。

赵木子本想再捶他一拳，不知为什么改为用指尖戳了：“待会儿你要把事给我办砸了，有你好果子吃！”

两人转身踏入电脑城，朝着目标游戏机而去。

她可能是低估了北齐嘉的交际能力，从一楼到十四楼，砍价真的砍到眼睛都不眨一下。最后硬是在赵木子有限的经费中，购了一套索尼游戏机。

北齐嘉傲娇地将小脸一抬：“怎么样，我厉不厉害？”

赵木子轻哼，也不看看是谁训练出来的。

（10）

时深本来是要和北齐嘉一同外出转转的，小豌豆突然打来电话说让他帮忙代一天课。电话中她咳嗽不止，正在医院挂盐水，鉴于自己生病的原因实在不知怎么开口，只能婉转地跟时深嘱咐一声——

“小心，保重。”

赵木子家的钥匙被压在了大门口的石砖下，时深觉得奇怪，小家伙明明在家，为什么还要拿钥匙开门。钥匙其实是赵家父母给小豌豆的，因为这个小魔王多次将家教老师锁门外，任凭小豌豆怎么敲门都不应。

但是时深拿开石砖，底下并没有钥匙，倒是压了一张字条，上头画了个猪头。

他就突然有些明白小豌豆的“欲言又止”了。

赵木子家是独门独院，时深抬头看看刚冒芽尖的爬山虎，他走远了些，一个俯身冲刺，按住墙头，利索地翻身跳了下去。

小魔王正在后面玩得欢，手中拿着弹弓到处发射，那颗圆鼓鼓的小塑料球，嗖地往时深脑袋奔去。赵长弓被来人吓了一跳，待时深徒手抓住小球的时候，慌得一屁股坐到地上。

蒙了。

时深捏着那颗小球，漫不经心地看了两眼，冷冷地问：“你就是用这些小伎俩对付她的？”说着他就弯腰在绿植旁摸出一根棍子。

赵长弓吓得噌地从地上弹起，大喊：“爸！妈！姐！有坏蛋！”

赵长弓搜寻防身法宝，捡起地上的水管，当即开了阀。

于是两人大战，一触即发。

小豌豆因为担心时深被欺负，挂完水就赶了回来。待她看到眼前一幕的时候，也是愣了半晌。赵长弓像看到亲人一般，流着两行清泪冲她哭诉：“老师！快救我！”

时深握着棍子，一下两下，闲情逸致地敲打着。

而面前哭得上气不接下气的赵长弓像是稻草人一样，以十字形被架在了竹竿上晾着，地上一小摊的水都是从他身上滴下来的。

时深对小豌豆招招手，待她走到赵长弓面前，这才露出笑容。

“别怕，我给你一次性治过来了。”

所以这个世界啊，当真坏人得需“坏人”治。

小魔王还需大魔王治。

赵长弓在最后一天补习结束后，恭恭敬敬地给小老师鞠了个躬。赵家父母感动不已，临走前还跟小豌豆说，要不来年高考再给补补吧？

赵木子坏坏地冲弟弟挑眉，小魔王好似失了性子，瞪她一眼就回房了。他掀开被子正准备大睡一场，就看到了梦寐以求的游戏机，那瞬间小脸憋得通红，突然就“哇”的一声哭出来。

赵长弓转身扑到姐姐怀里，委屈得一塌糊涂。

赵木子摸摸他的脑袋，轻声说道：“生日快乐呀。姐姐希望你平安长大，学业有成。”

人们都说，父母尚在，兄弟姐妹的纽带就不会断，但若父母不在了，他们也许就渐行渐远，背道而驰。要说这个世上有什么东西是天长地久的，那就只有爱了。

赵木子无法预测未来，她能做的，就是在人生有限的年华里，同弟弟一起成长，能在某个孤独的深夜，还得以不离不弃地陪伴和相互取暖。

（11）

新学期开学时，裴灵非要陪小豌豆前去报名，在交完学费后，终于在学校大门口碰到了时深。少年眼尖，下意识埋头的时候被招了过去。

裴灵好不容易才逮到人，哪能让他跑掉。

时深礼貌性地叫了声阿姨好。

裴灵盯着他的脸看了半晌，清清嗓子：“我说，你除了长得好看，还有什么优点？”

没想到两人首次对话，就这么有冲击性。

这不是普通的阿姨，时深乖巧地回答：“成绩好算吗？”

“排名在我们家浅浅之下，就不算成绩好。”裴灵想到北齐嘉说过小豌豆当初努力很久才超越时深，又说，“那当然了，我们家浅浅也是靠自身拼搏来的。”

“嗯，她很厉害。”

在夸赞小豌豆这件事情上，他们倒是行为一致。

裴灵有些不好意思了，想着自己的炫耀会不会给女儿带来不好的影响，于是她就开门见山，长话短说：“接下来的几个月，是你们的关键时期。我希望你们以学业为重，不必要的话不说，不必要的事不做。听明白了吗？”

她摆出家长的气势，颇为凌厉，担心他会不会跑去跟小豌豆告状，又端起架子：“你要是敢……”

“我听明白了。”时深点头，很是认真，“我也不会多说一句。”

眼前少年一副冷静的模样，令裴灵不得不另眼相看。末了，她还忍不住小声嘟囔：“你倒是跟小饼干一样啊，干干脆脆的。”

（12）

为了响应冲刺高考，教室后的黑板也特地留了区域写倒计时。

小豌豆抱着新鲜出炉的卷子给大家分发，时深应该是刚从球场回来，脱得只剩单衣，拿起桌子上的水杯咕噜咕噜猛灌。

小豌豆将卷子对折放在他桌上，就听见时深的女同桌说了一句。

“时深，这是我的水杯啊。”

“噗——”

小豌豆漠然地看着手上的水渍，再扫向时深涨红了的脸庞。

女同桌蹙眉，弱弱地说：“你要是想要就给你吧，我看你喝了不是一次两次了。”

时深感受到那抹特殊的目光，觉得此时辩解就是狡辩。他当初就不想跟同学们团购这个杯子，都是一个色一个形，要不是担心大家觉得自己不合群，根本就不会买这个祸害啊！

他咽咽口水，悄悄看一眼。

小豌豆没什么表情，继续发卷子。

中午课间在小卖部，赵木子在里头挑零食，时深跟小豌豆站在外头晒太阳。小豌豆喝着桃子味的苏打水，旁边的人打哈哈：“今天天气真好。”

她越不作声，越让人紧张得起鸡皮疙瘩。

时深突然夺过她喝了一半的苏打水，仰头喝净。

他亮澄澄的眸子望着她说道：“还是这个好喝。”

裴灵的警告虽犹在耳边，但是求生欲这种东西是情不自禁的。

小豌豆忍不住笑出声，时深这才松了口气。

（13）

教室窗外的玉兰树苍翠欲滴，预示着炎热即将到来。小豌豆刷题刷累了，就喜欢托着腮，稍微放空了思想，呆呆地看着外头。

树叶摇晃，发出沙沙声响。

时深的生日，就是在这璀璨的夏日，这一年，他十八岁了。

小豌豆决定，要为他的成人礼送上最美丽的礼物。

隔日，时深来到教室，座位上放着一个盒子。没有做什么绚丽的外包装，但是里头装着一个精致的琉璃瓶。

时深拿出来，看着那些晶莹剔透、五彩缤纷的小星星，他晃了晃，里头的小星星塞得满满当当。他没有想到班里会有人知道自己的生日，也从未告诉过别人。

正想着，同桌背着书包走进教室，来到座位前象征性、友好地冲时深笑了笑。

喝错水杯的事件还在敲着警钟，看来这个星星来路不明。时深面无表情地抱着瓶子走到教室后面，毫不思索地连盒子一起扔垃圾桶里去了，回来的时候还给同桌递了个“我才不想要”的眼神。

人家同桌一脸蒙，怎么了？她现在连笑都不行了吗？

另一边，早早来教室的小豌豆还立着课本，微微侧的小脑袋僵硬地扭转回来。她咬着唇瓣，眉头蹙起，还很抑郁。

（14）

小豌豆要重新思索，与时深是否还存在“默契”一词了。

她郑重地捧着那个瓶子，再次放在了时深的桌子上。

第二天在垃圾桶与星星重逢的时候，她终是沉了目光。

当天开早会，小豌豆作为班长，有时候会说一些关于纪律的事项。这一次，她站在台上，敛着神色，言语冷淡：“最近大家学习都很紧张，卫生小组重新安排了一下，随后会贴在后面。另外，希望个别同学注意一下，大型物体不要扔在垃圾桶里，请拿回家去——”她降低音量，很不悦地说了最后一个字，“扔。”

被点名为个别同学的时深，抱着那个星星瓶子，缩了缩手。

他特地当着小豌豆的面扔东西，以示自己清白，现在让他拿回家扔，是个什么意思？

于是时深只能将那瓶子暂且放在了包里，放学回到家要掏书本，将那纠缠不休的瓶子直接扔到了垃圾桶里。

时妈例行倒垃圾，把那瓶子扒出来，她喜欢这种 bling bling 的东西，索性就占为己有。临睡前她还在数里面的星星，时爸第三次恳求：“关灯吧，我想睡觉了。”

“别说话，我数数呢。”

时爸只好闭嘴，躺下把被子拉到头顶。

直到时妈数完了，她将星星全部捧回瓶子里，喜笑颜开：“整整一千颗啊，不多不少，又是哪个少女的青春哪。”

时爸探出头来：“能睡觉了吗？”

“睡睡睡，你就知道睡，你能有点情趣吗？”

“我又怎么了我？”时爸好心累。

“你看看别人，”时妈拍拍瓶子，“多有心啊，这辈子你都没送过我这样的手工，时深也是，好歹是别人心意，随随便便就扔掉，多不好。”

“有什么不好的？马上高考了，他还能有什么异样的想法不成？”时爸言外之意是时深会不会有早恋的问题，但压根就不信儿子会是这样的人，又说，“他现在智商是长开了，但这个情窦啊，是什么都不知道。”

时妈突然冷冷一笑，转过身来：“你知道个屁。”

“哎呀，你怎么能说脏话呢。”

时妈不再理他了，将瓶子摆在梳妆台上。她本来还想跟老公分享时深的小秘密的，现在看来，躺在床上的那个中年男士，已经不配跟自己说话了。

（15）

时深生日的那天，小豌豆被舞院正式录取了，接下来的高考只要达到舞院的录取分数线就可以了。这对于她来说，简直是轻而易举。

几个小伙伴在群里聊着天，小豌豆捧着手机盯着聊天内容，生怕错过了某人的消息。屏幕被刷了一波又一波，他却始终没有音信。

时深看到信息的时候，正在小区的商店帮妈妈买调料，老板零钱还没找，他抓起调料就跑。也不知道跑什么，反正就是想跑。

他绕着小区的公园一圈又一圈，跑得满头大汗、气喘吁吁。

时深太过兴奋了，他边笑边喊，从未这样酣畅过。当时小豌豆过了三试，他就觉得成功了，后来听说很多人过了三试，也没有录取，因为名额极度有限。他为此担心许久，又觉得小豌豆专业能力很强，担心是多余的。

反复忧心且持久性煎熬，现在终于过了这关，时深觉得自己骨头都要散架了。

他捏着那袋皱皱巴巴的调料回家，脚不停地又上楼回房间写卷子。他要加油，要稳重了，舞院在新城，他想考的Q大也在新城。

他发了信息：“祝贺，加油。”

她回：“你也加油，生日快乐。”

想来这就是年少的欢喜了，可以与你一同努力、进步，就是最美好的事情。

（16）

百日誓师大会的到来，学生们才觉得真正有紧张的感觉。

致远此次将大会办得很是隆重，小豌豆作为优秀学生代表上去发言，光是演讲稿就写了两千字，整个高三年级只有她这一位代表，自然是万众瞩目。

很多人都很羡慕小豌豆，觉得她随便学学就能考第一，人生的道路似乎能看到尽头了。但是她演讲的时候说道：“我从很小就有一个认知，觉得学习成绩好，听话懂事，都是为父母的，因为我要讨他们的欢心，再来换我想要的东西。但是后来，我发现我错了，我们做任何事情，比如即将到来的高考，不是为了别人，而是为了自己，为了自己想要的东西而去努力。因为到那个时候，才会觉得自己日日夜夜的辛苦都是值得的。”

小豌豆站在高高的讲台之上，她的声音在整个学校回荡。

于千人之中，她与他一眼相见。

小豌豆微微一笑，对着话筒说：“谢谢，谢谢大家。”

时深跟所有人不尽相同，看着小豌豆的那十分钟，像是凝望了一生，倾尽他的所有。

小豌豆合上纸，垂下长长的睫毛。

她都懂。

那天晚上，外滩在放烟花，小豌豆四人对着绚烂的天空狂喊，尽情将压力释放。此时情绪高涨，赵木子握紧拳头，要跟大家碰拳头。

“不管我们今后在哪儿、在做什么，都不要忘记对方。我们歃血为盟，分离也不弃！”

耳畔爆竹声响，星光升空，璀璨了整个天际。

大家碰拳，重复赵木子的话。

唯独一人，话语不同。

在火焰弥漫的那刻，时深看着小豌豆的脸，轻声说道：“歃血为盟，不离也不弃。”

（17）

考试越来越近，好多人都在图书馆温习。赵木子和北齐嘉则呼呼大睡，呼噜声此起彼伏，后来小豌豆经不住诱惑，再加上天气炎热，也加入了昏睡大军。

等她中途醒来，发现时深在整理她的笔袋。

直尺、圆规、三角板等都是新的，橡皮擦的菱角给打磨得很圆润，黑色签字笔的油芯也被逐个抽出来确认是不是满的。

最重要的 2B 铅笔，时深拿着小刀仔细地削着，他从来不用铅笔刨，说是手工削的用起来舒服。在这个知了声声入耳的桑拿天，他就像可以让人清凉的风，在心上静静拂过。

小豌豆刚睡醒，嗓子也有些沙哑。

她说：“我可以自己弄。”

时深抬头看了她一眼，带着笑意：“我知道你自己可以，但我就想给你准备。”

旁边沉睡的两人突然就动了动，赵木子换了个姿势，时深便噤声。过了一会儿，他轻抬下颌示意小豌豆再睡会儿。

“等你醒了，什么都好了。”

（18）

高考三天，天气炎热无比。

致远是高考站点之一，小豌豆和时深都在本校考试。小豌豆出来得比较早，钟爸和裴灵就在门外等着，看人出来又是撑伞又是擦汗。

小豌豆听到身旁有大人在说：“这么早就出来了，题写完了吗？”

“我告诉你，这里头首先出来的，不是学霸就是学渣，半吊子的都在里头挣扎。”

然后听到话的所有人都看向小豌豆，眼神来回探究，看是学霸还是学渣。

钟爸撑着伞，裴灵拧开矿泉水，举到小豌豆唇边：“来学霸，咱喝水。”

小豌豆在喝水的时候，看到时深也出来了，他的父母没有过来，中午都是自己随便在饭店吃的。小豌豆的午饭都是裴灵在家做好的，放在车里带了过来。

钟爸一直在跟小豌豆说：“乖女儿，咱不要紧张，我们又不去考什么Q大，随便考考就行了。”

裴灵难得在一旁附和。

“嗯。”小豌豆吃着饭，应答。

她也觉得不用那么紧张，舞院的分数线已经达到了。

就这样，抱着随便考考的心态，小豌豆成了那一年的理科状元，致远上下领导班子喜报接到手软，他们还去了小豌豆家里，给小豌豆发了鼓励奖金。

时深达到了Q大的录取分数线，甚至超出了几十分，赵木子和北齐嘉都是一本，大家的期望都实现了。

高中生涯的最后一个暑假，所有人如脱胎换骨般自由，觉得空气再潮湿再闷热，都是新鲜的。

因为他们的人生，都即将翻开崭新的一页。

第十章

我是你的谁

星星碎：你上辈子一定是碳酸饮料。

小豌豆：为什么呀？

星星碎：因为我一看到你就想冒泡。

（1）

小豌豆拿到舞院录取通知书时给时深拍了照片，时深回复了Q大的录取通知书。随后群里头北齐嘉召集小组成员聚会，两人特地提前了一个小时在甜品店集合。

时深买了冰激凌，给她先挖了一勺：“吃一口。”

小豌豆摇头，声音是自己都没感觉出来的撒娇气息，她说：“不吃，胖。”

“不胖，吃吧。”

时深还举着勺子，小豌豆将冰激凌咬进嘴里，上唇沾了一点点奶油，时深伸手抹去，继而又放进嘴里。小豌豆的脸唰地就红了，当时那个勇敢撩拨别人的女汉子荡然无存，时深的任何举动，她现在看了都会有羞意。

后来北齐嘉来的时候，未见赵木子。

小豌豆心细，捕捉到了一丝信息，私下问北齐嘉：“木子最近在家干什么？”

北齐嘉也无精打采：“不知道，打弟弟吧。”

那天晚上，小豌豆给赵木子打了电话，她们就随便聊着。最后，小豌豆进入话题，她问：“为什么要去新疆念大学？”

小豌豆和时深去新城，北齐嘉留守，而赵木子竟然去了西北。

“世界那么大，我想去看看。”说完赵木子哈哈笑，丝毫没有心事。

小豌豆顿了顿，正式开口：“木子，有件事情我想问问你，你跟北……”

她刚要说，电话那端的赵木子大嗓门儿喊道：“赵长弓！你又偷吃我什么！我先不跟你说了，我要揍他去。”

“北齐嘉他……”

那端电话挂了，小豌豆抿抿唇，算了，各凭天意吧。

（2）

北齐嘉来找赵木子的时候，赵木子踩着人字拖，抠着鼻子，邋里邋遢地出来：“找我干吗？”

“你为什么不跟我留在这里上学啊？咱们不是已经歃血为盟，不离不弃吗？”

赵木子翻白眼：“小爷我说的是分离也不弃。”

北齐嘉挠头，竟有些不好意思：“差不多，差不多。”

两人就坐在家门口聊了好久，后来觉得干聊没意思，赵木子就从家里把爸爸的啤酒给偷了两瓶出来，和北齐嘉小口小口地抿着。

赵木子想到大家即将分别，就问他：“你怎么不跟着豌豆出去呢？”

北齐嘉咂了咂嘴巴：“不知道，就是想留下。毕业以前还想着她去哪儿我去哪儿，填志愿的那刻我突然就不想了。”

“为什么啊？”赵木子喝了最后一口，四脚朝天地躺在台阶上。

其实经过这三年相处，赵木子心里还是觉得北齐嘉对小豌豆是有些不一样的，但北齐嘉傻，没看出小豌豆对时深另有情愫。

小豌豆是自己的好朋友，小豌豆选择谁她都支持，至于北齐嘉要是选择喜欢小豌豆，她觉得，她也能收心。

及时收起那颗还能藏起来的心。

北齐嘉歪着脑袋看看突然沉默的身边人，没由头地来了一句："你头发又剪短了啊。"

赵木子哼了一声。

北齐嘉竖起大拇指："帅。"说完凑近她，嘻嘻笑，"我也想跟你去建设祖国的大西北。"

赵木子酒量不行，喝了一瓶就有些上头了。她翻了个身，又哼了句："滚蛋，小爷不想带你玩，我要去看大世界……"说着说着就睡着了。

北齐嘉不死心，托着下巴说："喂，我也想看大世界呢，我皮糙肉厚不折腾，包里一塞随时走。你只要说一声，我立马就把自己折叠起来。喂，你看怎么样啊……"

少年说到挫败，索性也往台阶上一躺。

四脚朝天，真舒爽。

天上的星星好亮啊，它为离人而亮，也为奔赴相聚的人而亮。

（3）

裴灵收拾东西，计划跟小豌豆一同回新城。她离开岗位那么久，对职业生涯来说多少有些影响。钟爸坐在沙发上，看着这个脾气不太好的前妻走来走去，半天憋出一句："这就走了啊？"

"不然呢，留下过年给你放鞭炮吗？"

钟爸就不作声了，裴灵瞥了他一眼，想了想还是问道："浅浅的学费……”

“不用你管，我有钱。”

钟爸打肿脸充胖子的态度让裴灵很不高兴，两人说着说着就拌起嘴来。钟爸肯定是不得胜的，气得关起门来谁也不理。裴灵以此为戒，语重心长地跟小豌豆嘱咐：“以后找对象擦亮了眼，找对了人，一辈子陪你荡秋千，找错了人，离婚了还得华山论剑！”

裴灵絮絮叨叨，没说钟爸一句好话。

直到小豌豆在收拾书包的时候，发现了妈妈偷偷塞进来的银行卡，背后用铅笔写着卡号密码，那是钟爸的生日。

这世间的爱啊，有的是假话也掩盖不了的。

（4）

小豌豆问时深：“你爸爸妈妈平时吵架吗？”

时深与她并肩走在回家的路上，轻轻踱着步，悠悠地说着：“整天华山论剑。”

小豌豆“扑哧”一声，笑了出来。

原来每个家庭都一样啊。

此时太阳还没有下山，夕光温柔地落在她的头顶，时深看得入迷，忍不住说出口：“我们以后就不会。”

真心遇上实意，情不自禁。

小豌豆停住脚步，温软地开口：“在遇见你之前，这个世界上的所有东西我都不争不抢，但你不同，你是独一无二，绝无仅有。为此我喜欢你，很喜欢很喜欢，所以，在未来，我一定会让着你的。”

时深有些动容，微微垂眸，这是他心心念念的话啊。

这样美好的瞬间，少年的心都是对未来的憧憬。

眼前小姑娘的脸颊白净又粉嫩，时深的喉结动了动，小声问："我能不能……"

说着说着就没有下文了。

小豌豆突然伸手去拉时深的衣领，将他拉至自己面前，在时深还未反应过来的时候，吻了上去。不是脸颊，而是时深微凉的唇。

时深仿佛被某种力量禁锢住一般，他立在那儿，小豌豆在亲吻他，一开始只是表面触碰，后来小豌豆试着想要更进一步，却发现了问题。

她不会。

先前一腔孤勇想要先攻为上，但打了头阵却不知该如何进攻，小豌豆抓着时深的衣服，瞬间有些窘迫，脸上升起的绯红让她悄悄移开了唇。

她觉得尴尬，轻咬唇瓣。

时深的眸子此刻犹如沉浸在深潭，一束光照下来，热烈得不可收拾，他几乎没有让小豌豆的脸离开自己分毫，按住她的后脑压向自己。

他手指在她发间流连，唇瓣在厮磨。

"这样的事情，得男生来。"

（5）

小豌豆大学选的是古典舞系，整个大一，除了寒暑假，时深都没有跟她见过几次。因为舞院的教学十分严格，课程也很紧张，没有时间去谈恋爱。

于是每每男朋友为此生闷气了，女朋友就得哄着。

小豌豆在阳台讲完电话进来，室友们都看着她笑。其中一个叫娜娜，睡在小豌豆的上铺，两人处得也最好。

娜娜夸张地挑着眉：“哦哟，又哄男朋友啊？”

小豌豆羞赧地笑了笑：“哪有。”

“我们都听到啦。”娜娜还学着她捂住手机，小声讲话的样子，“我真的没有时间出去，对不起啦，人家亲亲你好不好。”最后半句是娜娜自己加的，一说出来女孩们都大笑。

小豌豆一个枕头扔过去，娜娜抱起就跑：“男朋友你在哪儿呀，你女朋友打人啦。”

时深所在的Q大金融系，时间倒是宽裕，因为谈不了恋爱，他就比同级人花更多的时间在学习上。到大二的时候，在导师的介绍下，他开始跟毕业的师兄们学着做项目了。

大学是一个神奇的地方，每个人发展的路径也各不相同。

当时高中的四人小组，小豌豆还在苦练舞蹈，时深开始接触投资行业。北齐嘉在大学依旧经常挂科，但是他练就了另一项本领，赛车，听说玩赛车是为了要去某个地方。而离大家最远的赵木子在新疆爱上了摄影，往艺术圈发展。

人其实在分开的时候，感情会随之变淡，因为各自的交友圈不断扩大，很少再重叠。但是他们四人，除了固定的网上联系之外，只要假期回到海城，必然会聚在一起，分享自己的乐趣，重温美好时光。

（6）

四人小组群里聊天的时候，北齐嘉问起赵木子有没有交男朋友，赵木子说自己太汉子，只配和新疆爷们儿当兄弟。

北齐嘉说：没关系，找不到就跟大爷我，我爸百年后财产都是你的。

赵木子怒：滚！

北齐嘉随后又问小豌豆。

小豌豆回了消息：没有。

过了两个小时，小豌豆手机收到男朋友的信息：下来。

小豌豆从床上嗖地弹起，她刚从练功房回来，也没把自己收拾一下。她连忙跑到水池边洗把脸，把头发好好梳了梳，在衣柜里翻来覆去没有找到合适的裙子，她已经好久没买过新衣服了。

从来没有过攀比心理的小豌豆，在恋爱后，竟有点羡慕那些有美丽裙子的姑娘。

时深在小豌豆寝室楼下等了二十多分钟，小豌豆下来后还别别扭扭的，靠近他的时候警惕地看着周围，生怕被人发现一样。

时深一把拉过她，将她拥在怀里。

小豌豆开始挣扎：“有人看。”

“我是谁？”时深突然这样问。

“什么？”

时深的双臂围得又紧了些，他的下巴抵着小豌豆的脑袋，声音闷闷的。

他再次问道：“我是你的谁？”

小豌豆这才反应过来，自己在群里说的话。她扬起小脑袋，巧笑嫣然：“男朋友呀。”例行的哄男朋友技巧，分分钟上线。

时深这次不吃她这套，扬扬眉，笑得有些痞气。

“怎么证明呢？”

时深那双深邃的眸子就那样望着她，坐等她的动作。

小豌豆还什么动作都没做，就感觉耳根一阵发烫。她抓着时深的手臂，踮起脚吻了上去，如蝴蝶在花朵上短暂停留，随即扑扇扑扇着翅膀飞走了。

时深想笑，他说："我就是这样教你的吗？"

如此羞人的话……

"看好了。"

时深俯身，抱住她，将她往怀里压，唇瓣的辗转厮磨让小姑娘差点儿窒息。某人教完之后还抵着她的额头问道："还要吗？"

这个坏人太不要脸！

（7）

大二的寒假，小豌豆收拾行李要回海城，行李箱里塞的都是衣服和鞋子，那都是时深给她买的。时深跟着师兄们做的项目完结，拿到了薪酬之后，几乎要把女朋友的衣柜填满了。

娜娜翻着小豌豆新衣服的吊牌，被那价格吓得一哆嗦："我的妈呀，感觉是在摸金子啊。"

小豌豆在书桌上收拾笔记本，娜娜抬抬下巴："这也是你男朋友给你买的吧？"

小豌豆点点头，有一丝无奈。

以前所有生活来源都是靠爸爸，哪怕他没有钱，也要让女儿过公主的生活。小豌豆享受过优质的日子，已经做好了要过普通人的生活，哪怕很拮据。

但是时深出现了，他慢慢渗透到了小豌豆的生活当中，以往钟爸为女儿做过的没有做过的，时深都做了。时深还曾试探性地想要给小豌豆生活费，被拒绝了，为此她甚至感觉自尊心受到了挫伤。

但因为那是时深，所以她懂。

她现在，依旧过得比同龄人要好，那些羡慕的目光从未在她身上远离。

小豌豆合上行李箱，心头有微微压抑。

回到海城之后，小组成员果断安排聚会。

那天北齐嘉是开车来的，他在高考后就拿了驾照，这两年把纨绔子弟的身份展现得淋漓尽致。他还是那句老话："不逼自己一把，都不知道老爸多有钱。"

北爸在 4S 店给北齐嘉刷卡的时候，白了北齐嘉好几眼。

北齐嘉搂着爸爸的肩膀："放心啦，等我有钱了给你买三辆敞篷，买菜、逛街、观赏！"

但目前为止，他不仅没有钱，还在赛车上花了一大笔钱。自从去年正式下赛道比赛后，他作为后起之秀让同行都赞赏不已。

几人吃完饭，赵木子有事先走了，北齐嘉要开车带小豌豆去看看爸爸，于是，时深就落单回家了。在分别的时候，小豌豆都不敢去看时深，小心翼翼地上车爬到后座去。

北齐嘉跟时深举举手："先走了，兄弟。"

时深站在那儿目送车离去，他的隐忍已经快到极限了，他决定下次再见面绝对不让自己的女朋友坐别人的车走。

（8）

寒假快结束的时候，赵木子接到北齐嘉的电话，说有极其重要的事情要面谈。

借钱。

赵木子听完一口茶水喷他脸上："多少？两百万？我把所有器官分开卖也不值这么多钱啊！前几天你不还请大家下馆子的吗？我们这么快就把你吃穷啦？"

北齐嘉撇撇嘴，很是认真地看着她："你就说帮还是不帮我？"

赵木子也是这次回来才知道，北齐嘉要去新疆参加比赛。三年一届的拉力锦标赛让人无限向往，北齐嘉作为赛车界的一名新星，当然是跃跃欲试，但是车子还需要改装。北爸已经放话了，再想要钱，除非他断气。

"关键是我没钱啊，我只能在那儿给你拍拍照。"

"不。"北齐嘉胸有成竹，钩钩手指，"你只要把你弟叫上，我有办法弄到钱。"

于是赵木子耐心听完北齐嘉自认为万无一失的计划之后，拧着眉头："这种事你怎么不去找时深和豌豆？"

北齐嘉摆摆手又抱拳："他们跟咱们不是一路人，干不成大事。只要帮我这次，一辈子牢记您的大恩大德。"

于是在那个风和日丽、宜出行宜动土的黄道吉日，北齐嘉被绑架了。

北爸拿着手机踉踉跄跄地来找钟爸，指着一个视频说："完了，我老北家要断子绝孙了。"

视频里北齐嘉被绑在凳子上，胶带粘住了他的口鼻，又在鼻子底下挖了两个洞呼吸，身后戴口罩的男人握着根棍子在看守，画外有个处理过的声音说道：一小时内往北齐嘉卡里打两百万，不然就撕票。

北爸手速太快，拨打北齐嘉手机关机后，立刻就给打了款。

钟爸也急了，怪北爸为什么不确认清楚就打钱。

小豌豆倒是镇定，她觉得地球爆炸，宇宙毁灭，北齐嘉都不会被绑架。时深赶来的时候，大家把所有能联系的同学朋友都问遍了，都说没有见过。时深拿过北爸的手机，看着那视频半晌，最终目光停在胶带上戳了两个洞的鼻子处。

“这么没水准。”过家家的意味太明显了，时深撂下一句，“报警。”

(9)

赵木子和赵长弓被揪出就是分分钟的事情，知道真相的北爸血压又是噌噌地往上飙，北齐嘉跪在地上幽怨地看着时深，他有些后悔交这个兄弟了。

他本来都将赎款移到了安全地方，准备回来套路一下亲爹就行了，谁想好兄弟那么多事。赵木子心理防线太弱，时深就多问一句就举白旗了。

北爸不顾大家阻拦，摸到扫帚就要揍，赵木子很是义气地护住，北爸急了眼，差点儿连小姑娘都要被殃及池鱼。

北齐嘉真是太感动了，握住了赵木子的手说：“关键时候还是兄弟你够义气！”于是转头就对亲爸说，“你不能打她！木子她怀了我的孩子！我那么辛辛苦苦要这笔钱，还不是为了老北家的孙子嘛！你这个做爷爷的……”

赵木子顿时感到一道雷劈在了自己的头顶。赵长弓都吓坏了，一个趔趄坐在了地上，结结巴巴地说：“姐，姐，姐夫……”

时深和小豌豆对视一眼，点了下头，继续看戏。

赵木子的五官都要揪成一团了，她握紧拳头：“姓北的，我这就撕票你信不信！”

北爸“哎哟”一声挡住，又惊又喜：“儿媳妇儿媳妇，小心动了胎气啊，需要钱是吧？有呀，爸给你，那两百万就当见面礼了！”

这一场闹剧，真是有人欢喜有人忧。

北齐嘉按照事先说好的，给赵长弓买了新版游戏机，又给赵木子置办了一台尼康。赵长弓变化太快了，小豌豆差点儿认不出来，他没了婴儿肥，现在又高又瘦，一副清秀的少年模样。

吃饭的时候赵长弓还偷偷看小豌豆，被时深捉了目光后，整张脸红到耳根子。小豌豆看着北齐嘉和赵木子一路拌嘴、和好，总觉得两人之间有种说不出的感觉。

以前北齐嘉总会说我家豆子，不知何时变成了我家木子。

小豌豆心里像是放下了重担一般，时光漫漫，少年已成熟。

她出神的须臾，时深碰碰她的脑袋，打趣地说道：“你要是没钱可不能学他。”

她淡淡一笑：“放心，我不会让人给你有撕票的机会的。”

（10）

新疆拉力赛的现场，赵木子拿着相机在圈外拍摄，讲解员正激动万分地播报现场状况。赛车手的个人信息在大屏幕上滚动着，北齐嘉的模样引得观望的小姑娘热议。

当北齐嘉冲刺前三的时候，小姑娘们挥手呐喊：“小北小北你最帅！冠军头衔给你戴！”

赵木子看着那帮小美女热情如此高涨，一不留神北齐嘉又冲到第二，在所有人的欢呼下，在这场刀光剑影的赛场上，他最终夺得了亚军。

“我们爱你北齐嘉！”

小姑娘们太热情了，赵木子的耳膜都要被震裂了。

她觉得再不做点什么，今天一天都不得劲。

于是赵木子放下相机，挺起腰，她满脸慈爱且温柔地摸着自己吃撑了的肚皮，哽咽地说：“快！儿子快看，第二名北齐嘉，爸爸的名字出现了哎。”

小姑娘们：“……”

爱情就像龙卷风，来得快去得快。

赵木子很是满意地冲她们点点头，呵呵两声：“谢谢你们支持我老公。”

北齐嘉的捷报传回了海城，还有新城。北爸银行卡里进了一笔钱，不多，那是北齐嘉的奖金。他还跟爸爸发了一条信息：“儿子说过的，赚的钱都给你，以往做得不好的地方，爸爸请你多包容，我会继续努力，好好成长。”

北齐嘉将奖牌挂在了赵木子的脖子上，赵木子一脸蒙：“你干吗？”

“送你。”

“为什么送我？”

他露出亮堂堂的大门牙：“不知道，就想送你。”

（11）

看完北齐嘉比赛的视频之后，小豌豆就要给学员们上课了，她利用周末开始在外面的舞蹈室代课兼职。她不仅在舞蹈室兼职，还做平面模特，甜品店的小时工也做，偶尔也会在网上接一些外语翻译，经常半夜两点的时候，室友们还发现她书桌的台灯亮着。

在家的时候，她和爸爸聊天，听闻爸爸投资了小生意，前景很好，有些利润。但是因为先期要投钱，所以钟爸手头有些紧张。

小豌豆让他不必操心自己，目前的学业没有以前紧张了，她可以利用空闲兼职赚生活费。现在能赚钱的，在自己承受范围之内的，小豌豆都接。她想为爸爸减轻一些负担，如果能帮上忙，那就更好了。

毕竟成年了，她不想再像以往躲在学校里什么都不闻不顾。哪怕今后没什么成就，她也能做到不问爸妈张口要钱。

裴灵近两年工作不是很如意，职场人际关系复杂，优胜劣汰更要拼搏本事。小豌豆经常去找她，妈妈都在加倍努力工作。母女俩现在相处很融洽，偶尔聊起钟爸也没有踩雷。小豌豆也不再提父母两人的事情，觉得顺其自然才是维系和睦的最好办法。

时深只知道小豌豆在舞蹈室做代课老师，并不知道其他的，但是发现小豌豆比以前更忙了，根本没有时间同自己见面，他便觉得有些奇怪。

一次通话中，时深问：“你是不是还有其他兼职？”

小豌豆摇头：“没有啊。”

“你不用那么辛苦的。”时深微微叹息，“我在这儿。”

“没事的，你放心，我再穷也坚决不会学北齐嘉的。”

他没有拆穿小豌豆，小豌豆也闭口不说。

两人之间，开始有了一些心知肚明，却不言说的事情，时深很不喜欢这样。

他想要知道她的一切，这样才能牢牢护住。

(12)

时深在金融系里也算小有名气，成绩好、长得好，还很努力勤奋，他在和师兄们一起做方案的时候，可以熬夜通宵，不吃不喝。

师兄阿朗调侃他：“听说你家里条件很不错啊，这么上进是为了证明自己吗？”

时深说：“当然不是。”

“那为什么？”

“赚钱。”

阿朗纳闷，家里那么有钱还要赚钱，他觉得这小子太喜欢钱了，做什么都要利润最大化。一开始加入他们的时候年纪小，只是在帮忙，后来渐渐成了主力军，大家凡事都会先听他的意见。

时深在笔记本电脑上敲完最后一个字，回头问师兄：“你想赚钱吗？”

“当然。”

“那我们开公司吧。”

时爸对于时深开公司的事情很支持，觉得儿子遗传了自己的经商头脑，他将可以用的资源都介绍给儿子，所以时深公司的起步又稳又快。

(13)

时深近两年还养成了一个习惯，就是很爱给小豌豆买东西。

同系女孩子骑了辆脚踏车，淡粉色的，还带个竹编的篮筐，他就觉得适合家里的小公主。女孩子们聊口红的每个色系，他仔细地听了还是搞不懂，索性每种颜色都来一支。

室友们淘到什么有趣的电子产品了，时深觉得不错，刚要说话，室友们抢先回复：“知道啦，给你们家那位来一个。”

他就笑了笑，心中甜蜜。

时深大大小小的礼物往舞院送，即便没见过人，大家也都知道小豌豆名花有主。

小豌豆也不缺乏追求者，在没有看到男朋友的真人时，难免胆子大一点。有个从大一就追求小豌豆的同学，隔三岔五就来送花，连女生寝室的阿姨都将此人列入黑名单。

时深难得空闲，端着热乎乎的煎豆腐站在女朋友的寝室楼下，那个男生举着花站了好久了。本来两人是没有什么交集的，时深只是随意瞥了一眼，就看到花上插着的卡片——

致亲爱的钟浅。

这撬墙脚的也太悲摧了，撞到了敌军的阵营里。

时深的舌尖抵了抵腮帮，眼中带着不明笑意。

小豌豆下楼后就看到男朋友和追求者站在一起，画风显然不太和谐。

追求者还没说话呢，男朋友就大步朝前，二话不说拥过女朋友就是一记深吻。

时深的微笑是那样理所当然，霸占主权。

“我突然想起来，”他将热乎乎的煎豆腐递到小豌豆跟前，有所深意，“里面的醋给你加多了，没关系吧？”

这拨狗粮把人吃得撑撑的。

时深回过头，看着满脸惊讶的追求者说：“怎么，还想撬墙脚？”

这颗大电灯泡当即抱着花狂奔。

他真想把这颗豆子揣进口袋，走哪儿都带着。

心好愁。

（14）

大三的上半学期，小豌豆瞒着时深打零工的事情被撞见了。

当时时深跟团队在咖啡厅谈业务，客户中有个女士想吃隔壁的甜品，就委托了咖啡厅工作人员帮忙买，两家店经常接触，甜品店的员工直接送了进来。

小豌豆拎着包装盒走到他们的位置，这才发现是时深，当时心里“咯噔”一下。小豌豆没有跟时深打招呼，而是装作不认识的样子，给了蛋糕拿钱走人。

时深当时追了出去，他穿着一身正装，是小豌豆从未见过的样子。

成熟、帅气而又稳重。

小豌豆当时系着素净的工作裙，觉得跟时深的差距太大了。

时深拦住她，看了一眼甜品店，他问：“你在这里兼职？”

当时阳光很强烈，晒得人睁不开眼，小豌豆垂着脑袋，“嗯”了一声。

“辞了。”

小豌豆这才抬起头。时深面无表情，只是看着小豌豆的眼神有些无奈，他说：“你要以学业为重，不要浪费时间在这个上面。”

“这又不矛盾。”小豌豆有些憋屈，一直被时深用金钱宠着的“屈辱”在蠢蠢欲动，她直言说道，“我们系里有好多同学勤工俭学，不耽误学习。”

“你不需要勤工俭学。”时深反驳，“你就只管去学习。”

他言下之意很明显，小豌豆回答得毫不犹豫，她说：“那是我的事情，我自己可以做主。”她顾不得时深微变的神色，还是开口，“时深，我的家庭就是这样一个情况，不管好与不好都是我自己的事情，你要知道的是……”她有些难受，坚持说出，“我不是任何人的金丝雀，我就是我。”

两人间有一瞬沉默，小豌豆不忍去看他，别过头去。

“我要进去了，你忙吧。”

时深被她遗落在门外，在热烈的光线之下。

透过玻璃门，时深看到小豌豆站在甜品店柜台旁，她脸上带着笑，对客人们毕恭毕敬。只是一幕很平常的工作场景，可在时深眼中，那就是她的卑躬屈膝。

他捧在心上的人，怎么会让她为生计而发愁。

可是她很多时候不愿意敞开心扉，这就让他忍不住去衡量自己在她心中的分量了。

时深拉拉衣领，觉得呼吸有些难受。

回到咖啡厅的时候，大家还没有进入工作主题。等到时深入座，阿朗笑着说：“刚才大家在说那个送蛋糕的女孩呢，很有气质。”

有人打趣：“要帮你要个电话吗？”

阿朗说：“别闹，人家肯定看不上我的，能看上的也是我师弟这样的。时深，你想不想要电话啊？”

时深未言语，他抿了一口咖啡，看着笑嘻嘻的师兄说道：“我有她的电话。”

众人一脸意外。

他又说：“那是我女朋友。”

（15）

赵木子跟小豌豆视频三十分钟，二十五分钟都在聊北齐嘉的话题。后来她看小豌豆索然无味，就觉得小豌豆跟时深闹别扭了，他们的恋情在上大学不久小豌豆就告知她了。赵木子当时觉得，北齐嘉真可怜。

赵木子在用手指捋自己的头发，试图扎个小鬏鬏，随意地问了句：“什么时候公开你和时深的关系呀？”

“你不是知道吗？”

“北齐嘉那傻子不知道啊，你们双方父母也不清楚吧。时深心思那么重，你不给他一个名分，还不知委屈成什么样呢。”

两个闺蜜就恋爱话题又聊了一个钟头，直到室友娜娜跑回寝室，说楼下有帅哥找，她这才匆匆挂了视频，一看时深老早就给她发了信息。

她连外套都没穿就往楼下跑。

时深站在梧桐小道旁，落叶在他的脚边打转，干冷的风吹在脸上有些痒。他一抬头，就看到小豌豆朝他跑来。

他忍不住张开手，让小豌豆跑进怀里。

两人自不欢而散之后再也没有见过面，电话里联系也只是慰问三顿饭而已。小豌豆独自待着的时候一直在懊悔，她不该那样对时深说话。

时深也在反省，觉得自己是不是将想法强加在她的身上了。人是自由的个体，又怎么能按照别人指定的规则去活呢，更何况她是他的宝贝啊。

情侣之间，再是深爱，也需要磨合。

小豌豆抱着时深，小声地说：“以前说好让着你的，对不起啊。”

时深低头，笑了笑说：“不怪你。”

小豌豆依偎在他怀里，身后是落日的余晖。

他们沉醉在风里，万丈光芒里，难以分离。

“放假的时候，你跟我回家吧。”

时深没有反应过来，小豌豆甜甜地笑出声：“带你见我爸爸呀。”

（16）

寒假回家，小豌豆正准备跟爸爸说关于时深的事情时，爸爸拉着她就说：“你去医院看看北齐嘉吧，出了车祸在医院躺了快半个月了。”

小豌豆紧张起来，问道：“他怎么了？”

“还不是玩那个赛车，听说车冲出赛道，翻了个底朝天。”

小豌豆把这件事情告诉了时深，见家长的事情就只能先放放了。

她决定先去医院，临去前跟时深说：“我想这次回来，把我们的事情告诉他吧。”

时深当然同意，他总觉得自己的恋爱因为北齐嘉变成了地下恋情似的。

小豌豆做好了心理准备，她很了解北齐嘉，毕竟十几年的知根知底，他的卖惨撒娇本事，自己是领教过的。

果不其然，小豌豆在医院里头说了带男朋友给北齐嘉看看，北齐嘉还不敢置信：“我看看哪个兔崽子拱了我家白菜！哎哟，我的心哪腿哪都好痛啊……医生医生……”

忍住。

小豌豆淡淡地说：“下午四点，他就过来。”

下午四点，时深拎着水果到病房，北齐嘉摆了个椅子堵在门口，抖动着双腿，表情凶狠，像个土匪窝的山大王。

他指指里头：“进去随便坐，我就不管你了。”

时深进去放下水果又出来，北齐嘉还冲他龇下牙：“老子看起来凶不凶？”

“有点蠢。”

北齐嘉撸了下头发，眯着眼睛看着电梯口的方向，他愤愤说道：“今天我倒是要看看他是比其他人多长一条腿还是一张嘴。”

“谁？”时深心知肚明，但还是问了一句。

“豆子的男朋友，说四点会来。”北齐嘉哼哼两声，又转身看着时深，“你今天怎么来了？也没跟我说一声。”

时深往前走了一点，将手搭在北齐嘉的椅背上，微微垂眸，他的声音很平淡：“说好了，四点。”

北齐嘉笑了下，回过头去，过了三秒，他的笑容凝固。

时深往后退了一步，看着北齐嘉缓慢站起身来，难以置信：“时深，你别告诉我……”他咽咽口水，“亏老子把你当好兄弟，你就是那头拱了白菜的猪啊！”

（17）

小豌豆领着时深上门的时候，北齐嘉瘸着腿还跑过来搬弄是非。

钟爸多少心里有点数，他喝口茶又给北齐嘉倒了一杯。北齐嘉双手扶住杯沿，郑重其事：“爸，咱作为娘家人架子得端起来啊。”

钟爸的手抖了一下。

北齐嘉心眼也小，势必要新仇旧恨一起报，尤其是上次戳穿他自编自演的绑架一事。

时深拎着大包小包过来的时候，北齐嘉要酸成柠檬精了，他鼻孔朝天：“来，我看看给大舅子买了啥？”

所以在来之前，时深就知道北齐嘉要给自己使绊子，俗话说舍不得孩子套不着狼，他在进门的时候索性对症下药，低语说道：“我师兄家是开车行的，这次你翻车的修理费，我全包。”

北齐嘉小眼睛嗖地发亮，将门开到最大，吆喝一声：“爸，咱家的好女婿来啦！”

于是见准岳父的这顿茶，喝得安稳又昂贵。

晚上临睡前，钟爸和小豌豆在客厅促膝长谈。钟爸感叹时间过得太快了，当时女儿小小的一个，现在都长成大姑娘了。

小豌豆的懂事让钟爸省了不少心，他说：“爸这辈子没本事，没给你守住家，所以，”说着内疚地笑了笑，“所以我的女儿一定要嫁个合你心意的，绝不能像我这样子。”

“爸爸你很好，真的很好。”

小豌豆连声安慰，养育恩情她时刻铭记在心，自己能安安稳稳成长，那都是来自爸爸的守护。这世间所有的爱，都不敌父亲的爱来得深重。

裴灵知道钟爸以未来岳父身份见时深的时候，已经是后话了。她气得给钟爸打电话，很不开心：“为什么是你先见啊？你懂礼数不，见面要给人家红包的你给了没？浅浅有没有去见对方父母？告诉她不要见那么快啊，女孩家要懂得矜持……”

“你离她那么近，自己怎么不去说？”

两人又开始拌嘴。

事后裴灵跟小豌豆打电话：“从今以后我跟姓钟的不会再讲一句话！”顿了顿又说，“你除外！”

（18）

小豌豆攒了点钱，想着买些拿得出手的礼物，因为下一次就要去见时深的父母。

然而计划赶不上变化，钟爸的生意出问题了，合伙人将钱全部卷走，他本就欠着债款，这无疑是雪上加霜。当追款人要将钟爸告上法庭的时候，事情瞒不住了才告知小豌豆。

小豌豆刚在新城的歌舞剧院实习，实习工资不高，而且平时打工赚的钱也都攒来给爸爸还债了。她在新城给爸爸打电话，了解了详细情况，最后问道：“爸爸，你究竟欠了多少钱？”

钟爸在电话那端叹口气：“四百多万，但是加上利息，快七百万了。你北叔叔说有办法帮我处理，暂且不用太着急。还有，这段时间有什么陌生电话都不要接，等爸爸给你消息。”

七百万对于当时的小豌豆来说像是一个天文数字，她也慌了，不知道该怎么办才好。钟爸觉得自己这次会有些麻烦，本想给裴灵打个电话托付下女儿，但是男人的自尊心作祟，他硬是不肯知会一声，反倒给时深打了电话。

时深接到钟爸的电话有些惊讶，没说几句就感觉出不对劲。后来钟爸告诉他合伙人将钱卷跑了，之前贷款都是以自己的名义去做的，现在人家上门要债，他没有办法。

那天晚上，时深给小豌豆打电话，例行问候之后，时深问道："最近有什么事吗？"

她回答得很果断："没什么事。"

小豌豆终是没有向他倾诉，两人聊了一些无关紧要的琐事后便挂了电话。

时深盯着手机屏幕看了许久，心中是说不出来的酸涩。这是他第一次希望小豌豆不要那么懂事听话，她什么时候可以明白，他也是她亲近之人。

隔天团队开完项目会议之后，时深单独把师兄阿朗叫到一旁，拿着手中的项目书说："我想把这个项目卖了。"

"卖了？为什么啊，这个项目周期短，利润又大。"

"我有个办法，能立刻增加现金流。"时深暂且不打算说出自己的真实目的。

阿朗来了兴趣，问道："怎么弄？"

时深露出好看的酒窝："你只要帮我约到今元风投的陆总，我跟他谈，咱们把项目卖给他。"今元风投的总部其实是在海城，陆总跟时深是老乡，后来在新城拓展了业务，重心便放在了这边。

阿朗一听是行业的大鳄，很是激动，当即拍手答应。

第十一章

一生所爱

I like you

星星碎：我觉得你不适合谈恋爱。

小豌豆：那适合什么？

星星碎：适合结婚。

（1）

小豌豆在娜娜的建议下去面试影视公司的舞蹈演员，之前听闻学姐说过一支舞的费用就是五千到一万不等。她其实有些犹豫，因为从来没有接触过影视公司这样的行业，最多只是杂志或是服装店，娜娜想去也想找人陪，软磨硬泡了好一会儿，小豌豆答应了。

因为那不菲的酬劳让她心动。

她们去面试的那天，时深正开车带着阿朗和项目资料，去赴今元风投的约。时深提前了一个小时到达约定地点，等待的时候给小豌豆发信息，问在干什么。

小豌豆给他发了一个定位，回文字：陪同学来应聘。

她考虑之后，觉得找到合适时机再说兼职的事情，自从上次两人有过不愉快之后，她都尽量避开这些问题。

时深一看地点离自己还很近，决定谈完事后就去找她。

小豌豆和娜娜到了目的地，是一家类似 LOFT 的阁楼，也没挂公司名称，只有门牌号。屋里头，就是另外一个世界。很多跟小豌豆同龄的女孩，高挑美丽，她们穿着暴露，服装怪异，一间间类似练功房的透明玻璃房内，有教导人员在教着什么。

但凡是个成年人都能明白，娜娜觉得难以启齿，眼神示意小豌豆：完了，传销窝。

这极有可能是个变相的传销窝，他们用金钱来诱惑，骗取少男少女做一些非法事情。小豌豆见机拍了照片，也来不及多想，顺手给时深发了过去，留存证据。

（2）

传销窝的人说了，不想来这里工作的可以走，但是只要敢在外头说什么的，后果自行承担。

小豌豆和娜娜全程一声不吭，今天像她们这样被骗上套的不在少数，大概过了二十多分钟，这才开始放人。

女孩们都安全出门了，小豌豆却被拦了下来，当时她跟娜娜已经快走到门口了。

五大三粗的汉子凶神恶煞地冲她伸手："手机给我。"

工作人员在教室里装了隐蔽的监控，小豌豆的小动作被尽收眼底，但是对方太精明了，在相册里翻出了照片之后，还把她与时深的对话框给点开了。

"小妹妹胆子够大啊。"大汉不仅不客气还手脚不干净，小豌豆当即反抗与他推搡起来。

小豌豆瘦弱，根本就抵挡不住对方的力量。娜娜一看发生了肢体接触，心想这不行哪，咱有事得好好解决。于是这个川妹子操起过道上的圆凳子，砰地直击目标。

"来呀，谁怕谁就是小白兔！"

这是拉响干架的有力鼓点，可惜姑娘连个脏话都不会骂。

她们被工作人员给围困住，娜娜把过道能砸的全砸了，小豌豆为护着她不受对方伤害，混乱间还被打到了后背。

场面一度无法控制，就在她们以为今天要折在这里的时候，门口"轰"一声的巨响，玻璃碴碎了一地。

（3）

时深是跟警察同一时间到的，两个姑娘像是要英勇就义的战士一般，完全是不屈服，势必要血战到底的模样。他涌到嗓子眼的心，此刻是又惊又急又无奈。

娜娜吐出嘴里不知何时钻进去的泥土，还咂了两下嘴："哎？那帅哥眼熟啊。"

这家影视公司被警方直接查封，之前警方就在密切关注他们，寻搜证据。时深带着小豌豆和娜娜在派出所做了口供之后，小豌豆想要兼职的事情也无法隐瞒了。

在派出所门口，时深望着自己艺高人胆大的女朋友，不咸不淡地说了句："厉害了，现在都能打架了，当侠客的感觉如何？"

小豌豆憋着气，吐出两个字："还行。"

娜娜站在旁边尴尬得要死，僵硬地转过身，还是继续吐嘴里没吐干净的泥土吧。

（4）

时深开车送娜娜回了学校之后，带着小豌豆来了公司，两人在电梯里时依旧沉默不语，小豌豆理亏也不好说话，只能跟着他。

小豌豆从没有来过时深的公司，这里很大，他们穿过办公区，拐了好几个弯，还上了楼梯。公司留有一间卧室，是时深的房间，大约二十平方米，有卧室和独立卫生间，遇到加班的时候他就会留宿在这里。

小豌豆站在房间门口，也不知道该怎么落脚。时深将西装外套脱了，拿下手表，看着小豌豆说："跟我到卫生间去。"

“去卫生间干什么？”

男朋友扬眉：“脱衣服。”

时深二话不说拉着她往卫生间走去，这里空间不大，但足够站下两人。小豌豆靠着洗漱台，背朝镜子，时深就在眼前，用那双黑到发亮的眸子盯着自己。

“脱，脱衣服干什么？”小豌豆心儿慌慌，怎么自己还结巴起来了。

时深突然贴近她，手放在她的衣服上。他的胸膛轻微起伏，小豌豆觉得自己太过紧张了。

小豌豆理解到问题所在，强忍着羞意，深深埋着头，声如蚊蚋：“我自己来。”随后她就缓慢地、一点点地将裙子脱下，露出洁白无瑕的肌肤。

她只穿着贴身内衣，脱了之后羞意难当，将裙子揉成团捂在胸口，她怕时深的眼光。

但是时深好像并没有看她。

小豌豆抬起脑袋，发现时深的目光停留在背后的镜子上。他是在看镜子中的自己吗？小豌豆觉得空荡的脊背上有些发凉。

时深在她的后背、腰侧和臂肘部发现了瘀青，他将小豌豆转了个身，小豌豆面朝镜子，看到身后的时深在检查自己的背部，神色紧张，小心翼翼。

原来，他没有那个想法啊。

小豌豆真是太尴尬了。

时深的指尖在瘀青处来回滑动，许久，他才沉声问道：“疼不疼？”

“不疼。”

时深突然用力按了一下，小豌豆“嗞”了声，她看向镜中的时深，他也正望着自己。正当她躲闪目光垂下眼睫的时候，时深从背后环住她的脖子，贴得亲密无间。

“我是不是跟你说过，疼就说出来。”

曾经那个少年时深，在阳光弥漫的蓝色纱帘之下，单膝跪地在她的身旁处理她手上的伤口，护若至宝。小豌豆看着现在的时深，即便过去了多年，他还是记得一切。

小豌豆微微侧头，正好吻上他的下巴。

时深配合她，将头低了低，眉眼尽是担忧：“女孩子在外不比男孩子，凡事不要逞能，一定不要去触碰危及生命安全的事，毕竟你的余生，我要负责。小浅，我想让你今生今世，都平平安安的。”

（5）

小豌豆不是一个容易冲动的人，但这次事情算是给她敲了警钟，因为时深现在生起气来，不再像以往那样好哄了。

阿朗还提到个问题，跟小豌豆道了些细节，当时团队成员在办公室聚餐吃火锅，情绪高涨，他说：“男人都是视觉动物，你家时深就喜欢小东西，什么裙子的小碎花啊，粉色的头绳哪。一开始我觉得大老爷们整天关注这个没意思，后来才知道那都是给你的。所以他以后要是生气了，你就穿着小裙子，给他露个肩撩个头发什么的，满足他的大男子主义，保管有用！”

“那得看哪方面的有用……”

一帮大小伙，说着说着就开车了。

时深在外面接电话，小豌豆坐在那儿尴尬而又不失礼貌地听着，后来阿朗和其他人挨个要敬酒，从未喝过酒的小豌豆也端起了酒杯。打完电话的时深，回来就看到目光呆滞、一脸绯红的女朋友，呆萌呆萌地坐在那儿。

“干什么让她喝酒？”

时深护短，摸摸小豌豆发烫的脸颊，有些不高兴，索性将饭局给散了，让小豌豆休息。

那天晚上，小豌豆借着酒劲给时深诚恳地道了歉，表示自己以后不会意气用事。时深急着要送她回去，便随意“嗯”了声。

她突然就冲过去抱住他，拉下薄薄的衣领，露出娇嫩的香肩。

时深觉得糟糕，他的小豆子醉酒了。

小豌豆见眼前人没什么反应，迷糊地转转眼珠子，一把将人推在沙发上，抬起脚压在他的胸口。

时深差点儿被那股力给击垮，下意识地举起双手，意为投降。

谁知她接着撩起裙摆，露出那修长白皙的玉腿，简直是冰肌玉骨，温润俏丽。

“你……”时深蹙眉，他真想把师兄们都揍一顿，看把人喝成什么样了！

小豌豆三分清醒六分醉，还有一分小热闹。

“不喜欢吗？”

为了让自己的道歉更有诚意，她拉下头绳，将那瀑布般的长发撩起来。

“这样呢，喜欢吗？”

时深目不转睛地看着她，紧紧抿唇，为什么喝酒的是她，自己反而有些上头了？

（6）

时深被主动撩拨，从来就抵抗不住她的热情，他起身反压着她，抵在柔软的沙发上，一发不可收拾。小豌豆的发丝散在四周，时深握在手心揉了揉，它比落日的云雾还要美丽。

从头发到耳畔，再到额头，每一处都是香甜的。

时深费尽力气才离开她的唇，似乎想要克制自己。

他解了解衣领处的扣子，无意舔了下唇。不止小豌豆在紧张，他也如是。

小豌豆感受到他想要打住的意味，情到深处，她鼓起十二分勇气，紧紧揪住眼前人的衣领，不顾一切地重新吻了上去。

再想逃，不可能了。

两人喘着粗气，小豌豆在给他解纽扣。就在要解完的时候，时深突然抓住她的手臂，眸光深邃，声音哑然：“你确定，要在这儿？”

“确定，在这儿。”

“好。”时深捧着她的脸，在她唇瓣上厮磨，深吻之前他又问，“你爱我吗？”

向来是女孩子问起的话题，时深却先问了。小豌豆还没有回答，他便将她所有的气息全都封缄在吻中。

这个夜晚，天空星星高挂，不见一丝月色。

（7）

第二日，小豌豆睡到早上十一点多，她坐在时深的床上还有些迷糊。身上是时深套的T恤，松松垮垮，她歪着脑袋发了一会儿呆，随即下床。

小豌豆觉得身体有些不适，她站了一会儿，才开始走动。卫生间里挂着她的裙子，已经洗好风干了，她洗漱完之后便下楼。

今天公司好像没有来人，小豌豆摸索着到阳台，突然发现两个人站在那儿，连忙躲在墙后。阳台上站着的人是时深和阿朗。

小豌豆在墙后没敢打扰，正准备悄悄地溜回去的时候听到阿朗在说话。

“人家是带着团队来的，那么大的公司肯跟我们见面，老总还放下身段亲自来，要不是听说你和他同是致远毕业的，人家会见我们吗？”

“我知道。”

“你知道个锤子啊！”阿朗作为师兄，也是第一次这样骂自己的上司兼师弟，“我昨天哪，差点儿忍不住想告诉弟妹，你当时为了救她把单子丢了的事情。”

时深看了阿朗一眼，阿朗撇撇嘴，又说：“当然，喝着喝着我就给忘了。”

“没关系，我们不一定要和他们合作。”时深又换说法了。

阿朗听了长长“哎”了一声，他说道：“你知道你放了谁的鸽子？今元风投啊！陆响沅啊！现在不是要不要合作的问题，是咱们在这个行业还有没有信用的问题。”

“事情已经发生了，你要我怎么办？”

阿朗叉腰：“所以我现在让你去求他啊。”

时深扯扯嘴角：“不去。”

“你高尚你不去，我去行不行？人家是准时赴约的，你开车跑的时候不是说能赶回来吗？你就不应该开车，你应该开火箭，嗖地……”

小豌豆担心被发现，轻手轻脚地回了房间。

（8）

小豌豆跟阿朗通了电话，见面是三天后，他们约在一个别墅小区门口。她拎着买好的东西一路小跑，阿朗早已站在那儿等候。在进去之前他跟她说：“待会儿你进去看到陆总夫人，不要盯着她的耳朵看。”

“哦。”小豌豆虽然不解，但是没有多问。

阿朗在去按门铃的时候还说：“陆总那边已经明确拒绝了我们，好在我朋友认识他夫人，说可以找她帮忙说情，他们夫妻二人感情很好。”

“那这位夫人是公司里的人吗？”

阿朗摇头：“不是，她是位设计师，不过巧的是，她也是致远高中毕业的。”说话的时候，别墅的门开了，阿朗又说了句，“你们是校友，应该很有话题。”

小豌豆点点头。阿朗的言外之意她明白，求人办事而且找家属下手这种事情，总有那么一点隐晦。况且长这么大，她从来没有求过人。

小豌豆在来之前只知道这位夫人的名字，叫安念念，比自己大不了几岁，有个在上幼儿园的儿子，其他的一概不知。她很紧张，生怕遇到的是那种很难打交道的人。

直到见到安念念本人，对方性子活泼，长着一张可爱的娃娃脸，不知道真实年龄的，还以为比自己小。小豌豆在安念念的招呼下入座，她客气道谢，很是自然地避开了安念念的耳朵。

安念念戴着人工耳蜗，是听障人士。

（9）

安念念先和阿朗聊了一会儿，因为有共同的朋友所以有话题。后来看小豌豆带来的绘本，她感到很惊喜：“我还正想买呢，这个画家很有名气的。”

“您喜欢就好。”

小豌豆松了口气，其实她对儿童绘本不懂，就是跟书店人员说哪种贵就买哪种。阿朗暗暗给小豌豆一个满意的眼色，不错，还知道准备礼物，情商比时深要高。

“你也是海城人吗？”安念念又问。

小豌豆点头：“是的，我在这里念大学，已经大四了。我听阿朗师兄说您是致远高中毕业的，我也是。”

“是吗？”安念念顿时跟小豌豆亲近了一大步，她们就这样聊了一个多小时。

这次换作阿朗静悄悄地坐在旁边，他什么都没听进去，一心想着正事，中途多次使眼色给小豌豆，注意机会把握。

通过一番聊天，小豌豆发现安念念对人没有丝毫戒心，也许是她的身体缺陷让小豌豆起了恻隐之心，她不想隐瞒。于是她开口：“学姐，其实我今天来，是为了一件事情。”

阿朗心“咯噔”一下，刚才自己还夸她比时深有脑子呢，这么快就要打脸了。

小豌豆很正式地跟安念念道歉：“对不起，学姐，我男朋友本来跟陆总约好要谈一个项目，但是那天因为我出了一些意外才爽约，他不是言而无信的人，这一切都是我的错。”她犹豫了下，还是将那日事情如实相告，最后说，“这次爽约，不仅对时深还对他的团队和公司有很大的影响，我希望陆总能给他们一个机会。”

阿朗在旁也附和：“对，一个道歉的机会也可以。”

安念念对小豌豆很有眼缘，她这番诚实，让人发自内心喜欢，但是安念念从不干涉自家先生的事情，左思右想，最终点点头：“行，我说说看。”

小豌豆欣喜若狂：“谢谢学姐。”

临走的时候，安念念和小豌豆互留了联系方式，约着要是回到海城就聚一聚，在这异乡能有怀旧的人，觉得不可多得。

（10）

时深接到今元风投总裁办的来电时，还觉得奇怪，后来他开车去见了陆响沅，两人在办公室聊了一下项目情况。一出门直接驱车到舞院门口，小豌豆开心地跑出来，想扑到他的怀里。时深低沉着目光，似乎心情不好。

小豌豆拉着他的手，柔声问着：“怎么啦？”

时深直言问她：“你跟师兄去哪儿了？”

原来，他知道了。

小豌豆浅浅一笑，晃着时深的手回答：“去了一个学姐家里，她是海城人，跟我们都是致远毕业的喔，而且她还跟我说……”

“你是以我什么身份去见的？”

时深对她的冷意太过明显，是从未有过的心凉。

小豌豆有些担心，她松开手想要解释，但看着时深的模样，她又什么都说不出口，只能回一句：“女朋友。”

“不需要。”

时深脱口而出，快到连自己都愣住了。

小豌豆觉得很受伤，时深对于自己来说，是重要的存在。因为太过在乎，她询问的声音都变得微颤，还带着些许倔强：“为什么你的事情从来不告诉我？我们不是……”

“是什么？”时深心口发痛，反过来问她，“你呢，从始至终，你什么事情跟我坦白过？我不让你去做的事情你非要去做，你想要做的事也从不跟我说，就像那天。”他一想起来就后怕，“就像那天，我如果去晚了一步，你让我怎么办？”

“我们不是已经和解了吗？再说了，我没有要故意瞒着你。”

“你当然不是故意的，因为你从一开始就没有把我放在心上。”

小豌豆眼前弥漫着水雾，时深难过的样子映入眼帘，她听见他说：“钟浅，你这样特别让我恨自己，恨我根本没有能力去保护你，低头的事情谁都可以做，就你不行。”

（11）

赵木子在听到小豌豆和时深冷战的原因后，隔着屏幕打了很多问号。

她叹息：“是手机不好玩还是酒不好喝，谈什么不好谈恋爱。”说罢又演起戏来，“紫薇，看到你这个样子我好难过！尔康，不要难过，看到你这样难过我的心里就会更加难过！我知道我不该让你更难过，可是我实在没有办法让自己不难过！”

小豌豆：“……”

想从损友这儿得到安慰真是鹌鹑要吃树上果，想得倒美。

这厢没解决，裴灵突然来舞院找小豌豆。她还以为在影视公司的意外被妈妈知道了，看到裴灵拿着回家的高铁票才明白，是钟爸的事。当晚，裴灵就拉着小豌豆极速奔回家。

“这么大的事情还要瞒着我，你作为我跟你爸之间的传话门，怎么能关键时候断电呢？哪怕我帮不了什么忙，落井下石总得需要一个吧？”说到最后，裴灵的双眸竟泛着水光。

就这样一路口是心非打听前夫状况的人，到家之后，立马和钟爸吵得不可开交，当时北齐嘉和北爸都在，小豌豆觉得身心俱疲，心思还在自己事情上没回过神来。她淡淡说了句：“你们先吵，我睡觉去了。”

大家看着小豌豆回房间，“砰”的一声把门关上了。

所有人，都咽咽唾液。

后来北齐嘉就陪着小豌豆，生怕她哪里想不开。他就跟赵木子求助，赵木子倒是没想那么多，就说：“要不你俩来我这儿吧，就当是陪她散散心。”

钟爸的事情到目前为止也并没有那么急迫，他安抚住了债主，只要将欠款归还就不追究，但是银行的贷款，目前是个问题。唯一确定的是，钟爸的事业二次破产。裴灵也不想让小豌豆跟着一起为难，就让她出门去，说大人的事情大人自己解决。

北齐嘉就带着小豌豆收拾了行李，去找赵木子，就在三人会合当天，时深也回到了海城。晚上十一点多的时候，时深来到小豌豆家，是钟爸开的门，她果然不在家。

时深说道：“叔叔，冒昧打扰，有件事情想跟您商量一下。”

（12）

赵木子带着小豌豆和北齐嘉在新疆伊犁玩，这里被称为“塞外江南”，是个极美的地方。伊犁的温度比其他城市稍低，此时已是一片秋色。

赵木子在当地电视台做实习编导，手头项目做完之后她可以调回海城的一家地方台，然后再考编制，虽然学习成绩普普通通，但是她在工作上的表现很优秀。

北齐嘉竖起那久违的大拇指：“我家木子就是厉害！”

赵木子指尖拂了下刘海，眉毛一抬：“那是，咱老北家的媳妇能差吗？”说完就觉得有些尴尬，北齐嘉笑得傻乎乎也很怪异。

小豌豆失魂落魄地看着眼前两人眉目传情，她就该知道，风水轮流转，电灯泡总得换人做。

隔天，他们陪赵木子外出拍摄，闲聊间听到几人在说独库公路发生连环车祸，已经封路了。赵木子跟他们说那个地方的情况：“那条路被称为中国最美公路，可以体验到四个季节，荒漠、雪原、峭壁、森林，就像人间天堂。走上一趟，才为不悔。”

小豌豆点点头，她又听了一会儿，闲得无聊拿着手机跑上了半坡，去搜信号。她正折腾的时候，钟爸的电话打了进来。他有些急，问着：“怎么你的手机一直打不通啊？”

“这里信号不太好。”

“那你跟时深见上了吗？”

小豌豆莫名紧张起来，她连忙问：“他来了吗？”

“是啊，之前跟我说到了新疆，但是要去你那个地方还要一段路程，所以他就租了辆车开过去了。但是他上了什么公路之后，手机也打不通了。”

“什么公路？”小豌豆屏住呼吸，心脏剧烈跳动。

钟爸想了想：“独库公路。”

小豌豆的大脑一片空白。她跑回赵木子身旁，抓住赵木子的手臂，话也说得不利索：“快，那个路，你带我去。”

“什么什么啊？”

小豌豆那么不爱哭的一个人，突然泪如泉涌：“时深来了，他就在那条路上。”

（13）

事情来得太突然，小豌豆已经慌了，赵木子冷静下来之后找了朋友开车前往独库公路，北齐嘉就留在拍摄地点等消息。

待他们到独库公路下方的时候，太阳马上就要落山了。那里有很多警察和医护人员，小豌豆看着很多受伤的人员被送下来，情绪十分激动。

赵木子前去了解情况，而后跟她说：“现在车上不去了，我们再等等，也许时深马上就下来了，或者他根本就没有上这条公路。”

“不。”小豌豆声音发颤，头发也有些缭乱，她白着一张小脸，“他一定在这儿，他说来就一定会来的。”

“但我们的车现在上不去……”赵木子还说着话就看到小豌豆弯腰过了警戒线，往里头跑去，赵木子大喊，“回来！钟浅你给我回来！”

小豌豆在车和人流中穿梭，一边是陡峭的谷壁，一边是悬崖。

耳畔有哭声、鸣笛声，眼泪挥洒在风中，她不顾一切，心怀恳求地奔跑着，寻找着。

自从没有了父亲为自己搭建的象牙塔，小豌豆就知道往后的生活会有所不同，但她从来没有想过，长大了，有了相爱之人，她会那么小心翼翼不想让他发现自己内心深处的卑微。

她想要做到别人眼中最好、最优秀的人，才有资格站在他身旁。而之所以会跟阿朗去给陆总的夫人求情，是因为她明确地看到了时深因为她而错失的良机及所要背负的责任。

这是她害怕的事情，可就是真实地发生了，也许今后的人生当中，这种事情还会有更多。那么到那个时候，家庭的差距、经济的悬殊、个人能力的高低，会不会成为他们之间的阻碍？

如果是，那么她愿意在两人最美好的时候放手。

即便让他恨自己。

哪怕做不成你的扶手，也坚决不会当绊脚石。

（14）

当小豌豆看到时深的时候，泪水止不住。她擦拭了许多次也是徒劳无功。时深离她有二三百米，他正在帮医护人员照顾伤患，他一切安好，安安稳稳地站在她面前。

时深也看到了小豌豆，他将最后一个伤员扶上担架之后，大步朝她走去。小豌豆挪了一下脚，一步一步，随即她奔跑起来，像每次见他一样。

时深张开双臂，将她抱在怀里。

他庆幸自己穿过四季的风景，就看到了最美的她。

他们的身后是凹凸起伏的峡谷，溪水树木在落日的余晖中绵延。金色的阳光在两人的侧颜打出美丽的线条，时深捧着她泪哗哗的小脸，深深吻了下去。

他从始至终都没有生小豌豆的气，只是怨自己还没有成为更好的人，他要快速成长，在小豌豆走的每一步之前等候着，用最坚固的胸膛为她重塑象牙塔。

因为是他的人，走的是他的心上。

时深觉得自己做到了，可当陆响沅说小豌豆前去求情的时候，他无法想象，那朵惹人怜惜的小水仙是怎样的卑躬屈膝，这与他的初衷完全背道而驰。

他讨厌自己。

因为低头这种事情应该他来。

时深吻着她，心头流淌的都是她的眼泪。

两人难舍难分，小豌豆离开他的唇，泪盈于睫："时深，与你在一起之后我才逐渐明白，为什么说爱情是一场势均力敌的博弈。对于你的成长我十分开心和自豪，但如果我注定不能成为你的铠甲，我也坚决不做软肋。在那一天到来之前，我们，分手吧。"

时深擦去她的眼泪，十分柔软，无须多言："不行。"

"可是我不想……"

时深按住她娇嫩的唇瓣，有些笑意："怎么，把我吃干抹净就想跑路了？"

这是让她心碎的幽默。

时深低头凝望："为什么你从来不听我的话，是因为我只是你男朋友吗？"

风有些大，他的话依旧有力。

"既然这样，我觉得男朋友的存在是没有任何用了。"时深笑得深邃，他看着立于绝世美景间的小豌豆，郑重其事地说，"那就做你的丈夫吧。"

天边最后的金光被大地笼罩，她在他的领域，美丽而幸福。

（15）

于是在六月，小豌豆和时深结婚了，两人也毕业了。

他们当时从新疆回到海城之后就先领证了，双方父母第一次见面竟然是如此隆重。裴灵难得和钟爸不吵不闹，坐在饭桌前聊着天。

时妈开心地招呼着忙上忙下，时爸整个人都是蒙的，连着好几天没回过神来，晚上睡觉他看着天花板，不敢置信："我……我这就有儿媳妇了？"

时妈有些小兴奋，说："再努力一下，说不定还能抱孙子。"

时深在去新疆前就跟钟爸说了这次回来要结婚，而作为女婿，他比任何人都有资格和责任来照顾这个家庭，包括钟爸。他将卖给陆响沅项目的款额悉数给了钟爸，钟爸坚决不收。

时深郑重其事，没有半分玩闹："这是我给您的聘礼，因为我要娶您的女儿，如果您想将它给小浅，我也尊重您的选择。目前的情况，我略知一二，北家已经帮我们够多的了，裴灵阿姨现在的工作不胜以往，您是坚决不会让她倾尽所有的。所以，您能否给我一个机会，让我以钟家男人的身份，与你们同舟共济？"

这番话把钟爸感动坏了，钟家男人，多澎湃的字眼啊。

时深也不见外了，喊了声"爸"："还请您不要把这件事情告诉小浅。"

依照他未来媳妇的个性，不用些小手段那是收不住的，于是钟爸跟小豌豆说警方把他生意合伙人给找回来了，欠的钱也都还了。

事情结果是这样，大家也没有更多怀疑。

时深毕业前离开新城回家来了，带着自己的团队和公司。

小豌豆也是后来才知道，时深和今元风投达成合作协议，将和今元总部一同做项目，虽说是一同做，但实际是陆响沅聘用了时深两年。

这对时深来说也是一举两得，小豌豆不用离开家，他也不用离开她。

（16）

举行婚礼前，时妈让儿子将准儿媳带回家吃饭，时爸算是消化了一切，跟小豌豆在客厅聊天。后来才反应过来小豌豆是以前来过家里的，时深的班长，北齐嘉的青梅竹马。他一拍大腿：“哎呀，我都糊涂了，你还是当年那个理科状元哪。”

时爸顿时觉得自己儿子高攀了，让时深给人家端茶倒水切水果。

后来，时妈带小豌豆参观家里头，时深就在后面跟着。

时妈说：“你们现在都回家工作了，新房还要装修，这一年只能跟我们先住一起了，好在房子还宽敞。嘿，豆豆下来！”

小豌豆看到那只猫咪趴在时妈的梳妆台上，以前那只小小的猫崽，现在又肥又大。时妈将它赶下去，生怕把玻璃瓶带翻了，上去伸手扶住。

那个装满星星的瓶子，小豌豆再熟悉不过。

时妈发现小豌豆在看星星瓶子，把它抱起来递给她看：“喜欢吗？喜欢送给你。这是时深以前不要的东西，我给从垃圾桶里捡回来的。”

说真的，时深压根不记得了。

小豌豆回头看了时深一眼，时深还说了句不知道，一脸不屑。

她沉了沉心，跟时妈说：“您放着吧，阿姨。”

时妈突然就捂嘴笑，也不好意思地说道：“还叫阿姨啊。”

时深偷偷看小豌豆，她白嫩的耳尖红红的，声音软糯：“妈。”

晚上时深送小豌豆回家，路上问她回来工作方面有什么打算。

小豌豆想了想说：“我想考红星文艺团。”

聊到这里，小豌豆突然又问起：“我还从来没有给你跳过舞呢，你想看吗？”

“想。”

“那我就给你跳一支吧，只给你看的舞。”

小豌豆拿出手机放了一首伴奏，曲名叫《一生所爱》。她立足于柔和光芒之下，衣裙漫舞，发丝飞扬，让人沉醉。时深言笑晏晏，看着她贴近自己。

以前舞蹈老师总是说，跳舞的人在台上，眼神一定要给到台下，眼中要有光。她现在懂了，那是一种无法言说的共鸣感。舞者的喜悦、忧伤迫切想要传递出去，但不是所有人都能明白的，可就算所有人都不懂，可是他不同。

他是她眼中的光。

就在这一刻，两人只想静默地守护彼此，直到永远。

（17）

小豌豆婚礼现场上，赵木子是伴娘，北齐嘉是伴郎。

北齐嘉是时深亲自去请的，当时北齐嘉还很不悦，他说：“你是在向我炫耀吗？”

“不是。”时深很真挚，浅笑，“我的幸福，需要得到最好的朋友见证。”

时深煽情就够了，小豌豆也把北齐嘉撩哭了。在扔捧花的时候，小豌豆说：“这个捧花，我想给一个人，给一个我生命中特别的人。”

她缓缓走到北齐嘉面前，将那束花递给他。

“小北哥哥。”

小豌豆刚喊出这个称呼，北齐嘉就哭得一塌糊涂。他突然就觉得自己对待小豌豆不够好，但在小豌豆看来，他做得已经很好了，小时候自己被欺负，他永远都是挡在前面：“谁要打我妹妹就先从我身上踏过去！”

小豌豆对北齐嘉的感激之情深深埋在心中，她说：“你就像我的盾牌一样，从小保护着我，哪怕你比别人要笨拙、要愚蠢，但是，谁让你是北齐嘉呢。”

谁让你是北齐嘉呢。

北齐嘉捂住眼睛，心中痛到无法呼吸。

“你会拥有真正属于自己的那份幸福，我现在很快乐，所以我希望你跟我一样快乐，好不好？”

北齐嘉一度哽咽，他擦掉眼泪，笑着说道：“好。”

小豌豆搂了搂北齐嘉，一开始他还碍于面子，傲娇地想要拒绝，后来索性趴在小豌豆肩上痛哭。于是底下的亲朋好友很是感动：“这兄妹感情多好哪。”

“就是的，就是的，我都要哭了。”

北齐嘉西装笔挺地拿着捧花，站在赵木子跟前。她正伏在桌子上狼吞虎咽地撕着鸡腿，满嘴油腻地招呼：“来，一起啊。”

“木子，你先别吃，我想跟你谈谈。”

“谈什么？”

“谈恋爱。”

“扑通”一声，鸡腿掉了，一颗心落地了。

（18）

婚礼现场，大家一起拍合照，小豌豆站在时深身侧，她抬起头，喊了声：“老公。”

时深低头：“嗯？”

“以后请你多多指教。”

“不用指教，听你的就行。”

摄影师在喊“茄子”的时候，所有人都对着镜头笑，而那对新人，情不自禁相拥一吻。

时光定格，幸福延绵。

第十二章

时候到了

星星碎：哪怕于千万人中，我也能一眼找到你。

小豌豆：为什么？

星星碎：因为别人走路，你走我心上。

（1）

多年以后，小豌豆与时深婚后的每个甜蜜瞬间，他都觉得万分珍贵，即便他们之间有过波澜，依旧坚定不移地认为，牵手的对方只能是彼此。

小豌豆其实在高中的时候，第一眼就认出那是她儿时的好友，还给他起过绰号，叫星星碎。但她又无法确定是不是那个人，想当初自己欺负过人家，离别的时候连名字都没来得及问，现在即便相遇也不敢主动去搭话，估摸着不是讨骂就是尴尬。

于是小豌豆和星星碎，分别隐藏起了自己，开启一场双向暗恋。

喜欢一个人，就会喜欢她（他）的全部。

赵木子倒是能亲身体会，年少时初心懵懂，现在有了归宿，想为北齐嘉留长发。北齐嘉拧眉："什么事情想不开啊，你短发多美多好看哪。"

真正喜欢你的人，是想要你做自己，而不是去改变什么讨好别人。

他爱你，就舍不得你做任何违背本性的事情，因为爱你，已经够心疼的了。

（2）

小豌豆考进红星文艺团后，在专业上十分努力，成了台柱子。

她代表团里去全国各地演出，用扎实的舞蹈功底征服了圈内众多大师，团长为此操碎了心，整天担心宝贝台柱子被人挖走，隔三岔五就要来家里坐坐。

团长还找过时深，又是卖萌又是卖惨："只要你能劝住她，资源人脉都不是问题，最重要是这个待遇。"搓了两下指尖，再比个心。

时深神情淡漠："我在，她就不缺钱。"

"但是我能让她在这个行业得以建树啊，让她成为新一代的大师！说出去你都荣耀万分，保管笑得合不拢嘴。"

"她已经足够让我荣耀了。"

团长深吸一口气，觉得不使大招不行了，他笑得颇有含意："哎呀，你说她在我团里，我还能帮你挡住那些觊觎的眼光，你可不知道，"团长挑眉，"多少人巴望着你离婚哪。"

时深顿了顿，不是对自己没有信心，是他的夫人真的太出挑了。

他就知道，小豌豆是一块璞玉，终有一天会大放异彩，时间证明他是对的。这个时候，可就轮到他小心翼翼，毕竟世间那么大，喜欢她的人那么多。

时深轻叹，没想到自己还有被"收买"的时候。

（3）

小豌豆不骄不躁，在专业上很能下功夫。

文艺团里重要的舞剧都是由小豌豆来领舞，所有人都十分努力，说不辛苦没压力都是假的，她在练功房扭伤脚的时候，用绷带紧紧缠住脚，痛到冒冷汗也一声不吭。

在正式演出结束，小豌豆从谢幕的后台跌倒，大家才发现她受伤的事情。

这可把时深气坏了，在医院里跟谁说话都是沉着脸。

病房里堆满了恭贺演出成功的鲜花，电视上还在转播演出现场的精彩瞬间，小豌豆头戴水晶冠，轻盈地起身旋转。时深在剥荔枝，香甜白透的果肉露了出来，他连头都没有抬，听着熟悉的音乐幽幽道了句：“十八圈。”

小豌豆朝时深掌心吐了荔枝核，还偷看了一下他的表情。

“嗯。”

“真是厉害。”时深又往她嘴里塞了一颗。

小豌豆咬下，并且咬住了时深的手指，这才捕获了他的目光。她就是有这样的能力，即便不说话，眨眨眼，都能让人心软得一塌糊涂。

时深觉得脸上热热的，他咳嗽一声以示正经，刚拿开手指某人就扑身上来，捧着他的脸颊妥妥吻了下去。

他吃到那颗甜甜的荔枝了。

“我错了。”小豌豆笑弯了眼。

时深是真的没办法了，他捏着小豌豆的脸颊，佯装很严厉的样子：“你啊，我求你保护好自己行不行？我这颗心被你踩得稀巴烂你赔不赔？”

“赔啊。”小豌豆眸子闪着光，“把我赔给你啊。”

（4）

小豌豆曾去英国一家顶级舞院进修过两个月，学费昂贵到令人咋舌。时深不仅提供了学费，还陪同前往住了半个月。

时深说了：“我家姑娘是个潜力股，投资小，收益高。”

他要的收益，是不错失她努力的模样和见证每一个璀璨的瞬间。

男人们在成家之后，都想要给予深爱之人最好的一切，时深更是如此。他们从年少携手同行，双方对未来的憧憬和向往，早已感同身受。

有一次两人窝在家中沙发上重温《当幸福来敲门》，电影很老，但十分经典励志，小豌豆每每看到画面中的威尔·史密斯带着儿子睡在地铁里的卫生间中，心里便很难受。

小豌豆靠在时深的肩上，自言自语：“换作是我，不知道还能不能心怀梦想和希望？”

一直到很久很久以后，小豌豆还是能忆起时深当时的话。

他拍拍她的脑袋，话语温柔而又笃定。

“只要我尚有一息，绝不可能让你过这样的日子。”

（5）

时深宠妻日常更是随时随地，又暖又甜。

结婚之后，豆豆被接过来同住，猫咪和小豌豆因接触较短，有些时候还张口咬她。小豌豆铲完猫屁屁送下楼，再上来的时候就听到豆豆叫得凄惨、委屈。

它被装在了宠物挎包中，而那个包则被挂在晾衣架上。

时深抱着胳膊，就站在跟前。

窗台的采光很好，眼前人伫立其中像是长出了白色翅膀，犹如画中走出来的天使。

小天使问："知道错了没？"

猫咪可怜兮兮地叫唤了两声，似乎在说：我还是不是你的"喵"了？

"小东西，不知感恩，没有女主人哪有你的今天。再欺负我老婆，就把你晾三天。"

小豌豆说起时深调教猫咪的事情，赵木子鄙夷了一声："天哪，把人家挂晾衣杆上啊，这得什么感觉啊。"

身旁埋头吃饭的赵长弓冷不丁来了一句："惨绝人寰。"

小豌豆对于这个有过类似经历的弟弟报以同情和安慰，给他夹了菜。

赵长弓又脸红了，大小伙咬着唇半天才说一句："谢谢，姐姐。"

吃完饭是时深开车来接的，他远远就看到赵长弓将小豌豆拉至身后，远离着来往的人和车辆，小孩子拉着自家媳妇的手，还舍不得放开。

于是他下车去对面，将那小屁孩给隔离开。赵长弓当然很不爽了，赌着气站在一旁。大家在等红绿灯的时候，时深抬头看了一眼大太阳："天气不错。"

目光锁定赵长弓，嘴角扯着笑。

记忆深处的那抹坏笑再现。

"正适合晾什么东西呢？"

赵长弓猛吸一口气，狠狠别过头去。

（6）

小豌豆和时深的爱情节目《恋恋不舍》播出之后，在网上掀起了热搜。赵木子作为节目导演，也是找不到人了才叫的他们，谁知一下子就火了，自己的手机都要被打爆，都是来要小豌豆和时深信息的。

很多节目都想邀请小豌豆，觉得她形象气质佳，赵木子担起了临时经纪人的角色，帮她接了一个汉服品牌的模特工作，凭着出众的样貌和气质，在汉服圈笼络了超高人气。

赵木子逗小豌豆："好好赚钱吧，万一你爸来个第三次破产，你还有积蓄。"

小豌豆把她一阵怒捶。

在时深同意之后，小豌豆还接受了找她演戏的影视公司的邀约，在古装剧中演女三号。她在剧中饰演一个妃子，舞蹈戏很多。导演觉得她很有镜头感又加了大把言情戏。

小豌豆跟戏中男演员拥抱、吻戏借位的时候，时深就在旁边看着。

她全程红着脸，根本不敢去看自家老公的眼睛，他现在吃起醋来哄都哄不好。从剧组出来后，导演还问她有没有档期考虑其他剧本，她很不好意思地说："那得看我家先生同不同意。"

晚上，小豌豆刚往时深腿上一坐，时深面无表情地说："不行。"

她话都没说出口，时深就猜到了。

小豌豆拿出撒手锏，搂着他的脖子娇嗔："我挺喜欢的，你不是说做喜欢的事情就会支持我吗？"

时深望着怀中娇妻，挑眉："我现在又不愿意了。"

小豌豆不服，她又把爸爸拿出来做挡箭牌：“万一我爸做生意又破产了，我还能帮忙。”

钟爸人在家中坐，喷嚏打不停。

岳父这次的生意，时深从头到尾在关注，不管是从理论还是实际，那都不会有问题的。小豌豆见他不为所动，悄悄咬了下他的耳垂，果然，他有些变化。

“你别过分了。”时深压抑住。

小豌豆坏笑，说道：“这就过分了，那这样呢？”她去吻他的喉结。

时深咽了咽口水，伸手环住她的细腰，眼中有欲火。

但是他不能动，动就是输了。

小豌豆解开他的扣子，刚把指尖放进去，就被他抓住，谁知小豌豆另一只手直接压在他的脑后，学着他以往对自己的模样，按过来，吻上去。

霸气到小豌豆自己都有些发颤。

在缠绵的醉人时刻，小豌豆喘着气，还不忘问：“我可以去吗？”

时深“嗯”了一声。

房间只剩下呼吸的声音。

（7）

小豌豆得到旨意，开始接剧本演戏，她同时代表文艺团四处会演，工作处于饱和状态。有段时间因为高负荷工作，她还发了烧。她躺在床上休息的时候，时深坐上来：“起来喝牛奶。”

她迷糊地爬起来，依偎在时深怀里：“不想喝。”

“那你还想不想拍戏了？”

时深这段时间天天懊悔就不该被她所迷惑，答应让她拍戏是个错误的决定。不知道的人还以为她男人是多没用她才会那么拼。

他得想想办法。

小豌豆听到威胁，这才喝牛奶。时深端着杯子，看她小口小口喝下去，随后让她躺下继续睡。

时深在厨房洗完杯子，北齐嘉打来电话，他应该是在店里改装赛车，声音有些大：“豆子生病啦？”

“要你管。”

“啪”的一声，电话直接挂了。

北齐嘉在那端“嘁”了声，老子一句话都还没说呢！

自从当了职业赛车手，他就跟大家很少见面了，在群里看到豆子生病的消息，本着朋友情谊想慰问，但是人家家属不领情。

赵木子编排他：“怎么，小青梅让你心疼啦？”

“还行吧。”

某人怒了，在电话中吼：“你喜欢我是不是因为能近水楼台！”

“错，我喜欢你是因为敬你是条汉子。”

“你大爷，我也是你的小青梅啊。”

“不是，你是我的小老婆……”

（8）

小豌豆的第一部戏播映的时候，她在片场晕倒了。

她在手机上看到自己再次上了热搜，点赞最多的是她在剧中跳舞的一段，热搜标题从“小仙女跳舞”到“仙女本仙”再到“钟浅豌豆”，小豌豆看到自己从小学到大学的毕业照都被人翻出来后，感叹这届网友太强大。

也许是觉得太兴奋了，小豌豆起身没走两步就晕倒了。

时深到医院的时候，她还没有醒。做了一番检查过后，医生将单子递给他：“你知不知道三个多月了？”

时深没反应过来，只顺着自己的思维在走，他说：“嗯，这几个月身体就一直不太好。”

医生无语，他撇撇嘴，将其中一张单子举在时深眼前，指着上面说：“看字，怀孕了。”

时深怔住了，盯着那化验单上的数字来回看。确认了好一会儿后，他接过那张单子，都没听出自己声音发颤：“谢谢，医生。”

小豌豆醒来之后，时深就坐在旁边，一直在看着她。

“老公。”她糯糯地喊了一声。

时深摸摸她的脑袋，问着：“难受吗？”

她摇摇头，坐起身来伸了个懒腰，觉得有些乏。她第一时间在找自己的手机：“脚本还没看完呢，给导演打个电话，看现在能不能过去。”

小豌豆刚拿上手机，时深就抽走。他将手机放置一旁，看着小豌豆说道：“你这工作什么时候才能不做？”

他又来了。

小豌豆嘻嘻笑两声，屁股往他旁边挪了挪，靠在他的肩上：“怎么了？”

时深低头看她，小脸苍白得没有血色。他叹口气：“你以后要是怀孕生宝宝了还拍戏吗？”

“当然不拍了。”她先稳住他。

时深点点头，在她发上一吻：“说话算数吗？”

“算数。”

“好。”时深推开她，将一直放在旁边的单子拿过来，“现在是你兑现诺言的时候了。”

呃……

小豌豆知道事实之后，太过惊讶了，她不是惊讶有小宝宝，而是时深竟然算计她！太过分了，就这样稀里糊涂被他骗了，怎么就没发现他话中有话呢？

做人得言而有信，小豌豆只想长叹，男人啊，套路啊。

（9）

小豌豆将最后一点镜头拍完之后，所有的工作全拒绝了，她觉得自己可以红到发紫的明星生涯算是断送在亲老公手中了。但是想到这是为了宝宝，她又甜蜜地原谅了他。

小豌豆在网络上的风头不减，曾跟时深去超市的时候还遇到粉丝，其中一个年轻男孩红着脸将手心面朝她：“可不可以签个名？”

小豌豆友好地签了。

男孩还鼓起勇气问：“那个，你……你有男朋友吗？”

时深站在一旁，本想给她点空间，现在看来，空间给多了倒成了他的阻碍。于是他上前，搂过小豌豆，俯身吻上去。

小豌豆羞得红了脸，时深看着眼前这个冒出来的小情敌，淡淡一句：“有老公算吗？”

直接把人吓跑了。

这样的事情不止一起，时深太庆幸了，这个孩子来得真及时，要不然她的老婆指不定会被花花世界给拐走。为了感谢这个孩子，他决定给孩子起个名字，就叫：时候。

在地下车库，时深到车后备厢拎东西，小豌豆要帮忙他不让。他说：“你关后备厢。”后备厢只要按下按钮就好了，但平时小豌豆都是亲自动手的，不，是动脚。

她霍地抬起脚，劈开一字马，将那后备厢盖子给按下来。

时深拎着东西无奈地看着她，一字马的威力他是领教过的，现在轮到他的车了。可目前是特殊时期，他很认真地说：“不要再这样抬腿了。”

小豌豆跑上来挽住他的胳膊，特地撩了撩头发：“好。”

时深内心叹口气，觉得自己可能没救了。这一辈子，他的小公主只要撒个娇，心里什么怨什么愁都能化解，注定陷进她的柔情里。

（10）

时深在小豌豆孕期做了很多功课，孕妇的饮食、作息及生活习惯等。因为听闻大家说女孩子一旦怀孕身体和心理都会有所变化。小豌豆倒是没什么变化，就是有些小癖好。

她喜欢睡在时深的胸上。

他经常被压得喘不上气，早上起来要把胸口揉好一会儿。

小豌豆问是不是很难受，下次不睡了。

时深宠妻上瘾了，说不仅不难受还很舒服。当天就办了健身卡，要去练胸肌。

健身房中还碰见了个熟人，曾经的老板，今元风投的老板陆响沅。之所以说是曾经，那是因为双方雇佣关系已经结束，时深和团队单干了。

两个男人关系很复杂，同行、朋友、对手。

陆响沅在练拉力器的时候，看着时深卖力地举着哑铃，笑了笑说：“这要做父亲了就是不一样啊。”

时深反问：“听说你计划生二胎呢？”

陆响沅挑挑眉，两个大男人秀完肌肉开始秀“恩爱”。在他们的领域当中，有三家公司处于平分鼎立状态，分别为今元风投、腾英管理、向川投资。腾英是时深和师兄们的公司，至于向川，一直是强有力的对手，除了抢单子，基本不来往。

而这三家公司的领头人，年轻有为，更被圈内私下称为“金融圈三少”。

陆响沅的恩爱秀得亮堂，他说：“当初我创办这家公司，取的是念字和沅字的结合，代表她和这家公司就是我的全部身家。”说罢，故意朝时深扬眉，“怎么样，我是不是比你要浪漫些？”

这点时深倒是服气的，当初他们公司起名，一帮血气方刚的爷们儿图个吉利，就从成语“蜚英腾茂”取字，期盼名声与事业都能日益昌盛。恩爱没秀过，公司暂且也比不过，时深只能蛰伏，擦了擦脸上的汗，默不吭声地走了。

半夜时深醒来，看到睡在胸口的小豌豆一动不动，之前做功课的时候了解到孕妇孕期特别容易缺氧，想到这里，立马将手指放入她的鼻下。

还好，有气。

就是这瞬间，时深突然就意识到，所有的钱财、名誉都不过是身外之物，难得是心中之人平淡、安稳地相伴左右。好比碘伏遇上维 C，不动声色地投入，直至融为一体，互为彼此。

（11）

又一个平淡日，时深在看手机，他们的四人小组里聊得热乎，北齐嘉拿了新一季锦标赛的冠军，举着奖杯的照片在群里被赵木子 PS 得面目全非。

北齐嘉发消息：我家豆子呢？

时深：我再说一次，那是我老婆。

北齐嘉：我就说，我就说。

时深：你是不是又想被踢出群？

赵木子：我现在都记得以前念书的时候，北齐嘉跟在豌豆身后的蠢样子。

北齐嘉：喂！作为老北家的媳妇在外怎能不给当家的面子！

时深靠在床头，摸着小豌豆柔软的发，发了个信息：散会，晚安。

赵木子发：晚安。

留下北齐嘉一人在群里孤独地吼叫：赵木子！有本事出来跟大爷大战三百回合！

赵木子：现在是谁坐在我旁边笑得跟二哈一样？

……

时深将手机放到台灯旁，俯身在熟睡的小豌豆额头上一吻，替她顺了顺头发。

此时她的面容恬静而美丽，她轻轻地呼吸着，熟睡在他心头最软的地方。

他愿一辈子守护在她身旁。

时深又亲了亲她：“小豌豆，晚安。”

番外一

小豌豆与星星碎

小豌豆：别人这样说你就反抗啊。

星星碎：不要……

小豌豆：说你不喜欢！

星星碎：因为是你，不反抗，喜欢。

钟浅在念小学的时候，不太能分清别人是真喜欢还是假喜欢自己。因为成绩好，性格温和，最重要的是，家里有钱，老师和同学们都喜欢她。

老师的喜欢是建立在她爸爸的基础上，这是在爸爸破产之后她发现的。同学的喜欢是因为她存在另外一个属性，免费饭票。其实她一点都不想付钱，可爸爸跟她说，同学之间多付出一点没关系。

一次放学下大雨，老师拿来几把伞，同学上去全抢走了，尤其那些平时跟她走得近的，三三两两撑着伞走了，没有人愿意把伞给她，或是问一句你要不要一起撑伞。

同学都说：“你爸爸要开车来接你的吧，真羡慕你。”

长大后她每每回想此事，难免有些心酸，后来上了初中，她有意不和同学们走得过于亲近，生怕引起不必要的误会，更多的是不想让自己那么难受。

独自寂寞、难受，她不想再回顾了。

但唯独一人，她愿意独自舔舐伤口的时候还止不住去想念他。

钟浅在国际小学念四年级的时候，结识了一位朋友，所有人都不喜欢他，也从不跟他玩。第一次见他的时候，是在校园操场，好几个班都在上体育课，钟浅跟着女同学跳皮筋，就看到他孤孤单单地缩在大树下。

小姑娘心好，乐呵呵地跑过去想邀请他一起玩耍，谁知刚触碰到他的胳膊，就给甩开了。

小男孩就是时深。

时深当时的力气特别大，一胳膊就将人给甩出去了，钟浅蹲坐在地上都蒙了。蜷缩在大树下的时深埋着小脑袋，嗓子有些干涩沙哑，他恶狠狠地说道：“滚！”

当时还在状况外神游的钟浅回过神来，有些委屈，她要怎么滚啊，她是人，是要两只脚走路的！当时对方太凶，这些只能在心里吐槽，她还不敢说出来。

钟浅连他的脸都没看到，就被呵斥走了。

回到女同学那儿之后，她们皮筋也不跳了，拉着钟浅说道：“你不要去跟他说话，那个人是个丑八怪。”

“丑八怪？”钟浅远远地瞧着，也不知道他什么时候走的，觉得刚才他的声音清清脆脆，很是好听，怎么会是丑八怪呢？

其中跟钟浅处得好的小姐妹偷偷在她耳畔说：“因为他有一双狼眼睛呀。”

幼小的孩子总是那么天真，他们不懂病理，也还没有学会包容与理解，只是想到什么就说什么，说是无心却也伤人。

后来钟浅遇到过时深几次，每一次他都是低着头，从不正眼看这个世界。她也好奇那双狼眼睛究竟长什么样子，白白嫩嫩的孩子长着一双狼眼睛，这得多酷啊。

她如果能见到，一定要跟他做朋友。

星期一的升旗仪式，钟浅作为队长领旗，身后四位同学执旗，在所有小同学羡慕的目光下正步前进。快到升旗台的时候，钟浅发现一个胖乎乎的同学突然推了前面的人，前面的同学不仅自己摔倒，还带翻了好几个。

大家都朝他们看去，被推的倒霉孩子慌了，想要站回自己的位置却被大家挤出去，将他逼到了最前面，所有人目光能聚焦到的地方。

时深小腿发软，跌坐在地上。

他惧怕别人的眼光，像是把自己的皮剥了一遍又一遍，他讨厌所有人却又不敢为自己发声，那种极度自卑和无助将他沉溺于黑暗之中，在等着灰飞烟灭的一刻。

老师们从队伍后面跑上前来维护秩序，时深害怕被其他老师看到自己的眼睛，抱住膝盖想要将眼睛埋起来。就在他要躲进自己的世界时，有人在他身前蹲下，将他紧紧抱住。

挡住了他的眼睛，他讨厌的世界。

她说：“别怕，别怕。”

时深嗅到了丝丝幽香，像是婴儿般的奶香味，落在了他的心上。

钟浅瞪着后面那个小胖子，想让自己看起来更凶一点，龇了龇小牙齿，意为警告。

这个小胖子在年级里是出了名的调皮捣蛋，经常吓唬同学们。

小胖子知道钟浅是好学生，老师的保护对象，也没敢回什么表情。

钟浅就像是母鸡护崽一般，牢牢地将时深圈住，直到学生都重新站好队，她才低头去看，这一看，她怔住了。

他那双干净的眼睛里装的分明是银河啊，满天星斗闪烁着光芒，横跨在天边，磅礴绚丽。时深发现钟浅凝望着自己，一动不动，本对她产生的好感顿时消失，涌上心头的都是屈辱。

她的眼睛，竟比自己好看那么多。

第一次，不懂占为己有的意义，他冒出想要换她眼睛的想法。

时深觉得自己格外讨厌她，她比谁都要近距离地接触自己，她看清楚了，一定就会跟别人一样在背后说坏话。想到这里，时深又将自己的保护刺竖起，推开钟浅头也不回地跑走了。

自从看过时深的眼睛，钟浅开始密切关注他。他跟她都是四年级的，只不过她是在实验班，他是普通班，两个班级离得很远。要不是体育课会遇上，她可能不会与他有任何交集。

但是钟浅还有办法与他见面，就是每天中午在食堂吃饭的时候。

钟浅摸清了时深吃饭的习惯，他会最先到食堂打好饭，然后端着去食堂后面的小花园吃，那里有一张石桌，就是他用来吃饭的。等大家都吃得差不多了，他再把餐盘送回来。

这一次，时深像往常一样端着饭去小花园，钟浅规规矩矩地坐在那儿，面前摆着饭菜，露出最好看的笑容，朝他挥手："嗨。"

时深当即冷下脸，掉头就走。

他不吃了。

第二天，钟浅还在那儿，时深又不吃了。

第三天，时深过来，钟浅在，只不过端着餐盘站在一边，指着石桌说："你坐吧，我站着吃。"

时深是真无奈，也不看她，自顾自坐过去吃饭。他已经两天没吃午饭了，晚上回家都吃三碗，时爸时妈已经有所怀疑了。他正在长身体，总不能饿着肚子。

反正眼睛都被她看到了，索性破罐子破摔。

大不了被她怼几句，又不是没被人骂过。

钟浅果真站在一侧吃着饭，她别扭地端着餐盘，时不时换一只手拿筷子，谁知餐盘里的东西没夹好，一戳就飞起来了。落到了时深手边，一颗圆滚滚、绿色的小豌豆。

“不好意思啊。”

钟浅要去夹那颗豆子，时深沉着脸，那么小却从不爱笑，他在琢磨眼前这个人到底想干什么。待钟浅将那豆子捡起来的时候，时深闷声闷气地说道：“坐着吧。”

“好。”

钟浅高兴呀，往时深旁边一坐，时深就挪了屁股，坐到另外一边。她也不计较，两人各坐一边，吃着餐盘里的饭。

在一起吃饭之后，钟浅发现时深很挑食，他特别不喜欢吃豌豆，学校食堂每周有两天会炒豌豆和玉米粒，他在吃之前都会一颗颗给挑出来。

“你不喜欢吃豌豆啊？”

“嗯。”

那时候时深还不太愿意理她，只会说“嗯”“哦”的语气词，心情好会用余光瞥她。

“这个很甜的。”钟浅试着搭讪。

时深暗自白了她一眼，甜个鬼。

“要不你给我吃吧，我喜欢。”说着钟浅就把筷子伸到了时深的餐盘中。

他拧了拧眉，像个小大人一样摆出嫌弃的模样。钟浅还乐呵呵地说：“节约，是我们中华民族的传统美德，浪费可耻呢。”

她说他可耻。

时深突然就不开心了，一把将餐盘拿开，将那些豆子挑出扔到地上去。

扔了也不给你吃！

钟浅举着筷子，有些尴尬。这位同学太阴晴不定了，她缩回手，埋头吃饭。

吃完饭后，钟浅主动要帮时深还餐盘，时深不让，钟浅又从口袋里掏出一个小瓶子，里头装着软糖。她往手心倒了倒，递给时深：“你吃哪个？”

时深微侧着脸看她，不敢用眼睛正视。小姑娘笑得甜美，细细的马尾扎在耳后，风中都带着她的清香。

他羡慕，这个可爱又善良的人。

也不知道出于什么心理，时深又羡慕，也讨厌，尤其她对自己笑的时候，更讨厌。

时深一把抓过她手心的糖，全部塞到嘴里。

他才不要选，全都要。

时深嚼着糖走在前头，差点儿被口水呛着。他心儿慌慌，扑通扑通地跳着。

钟浅爱吃那个玻璃软糖，每次中午吃饭都要嚼上两颗，时深在把餐盘中的豌豆给她夹过去的时候，她还晃着问：“吃哪个？”

他摇头，认真地挑着豆子。

这个小姑娘脸皮太厚了，看到豌豆就要伸筷子来夹，时深嫌弃她，就只能自己将豆子给她挑出去了。两人就这样从春夏吃到秋冬，时深还是少言，但也会跟她说上几句话，因为这个小姑娘对自己一点敌意都没有，甚至还有那么一点点好？

至于钟浅，除了会对时深甜甜地笑之外，还做了其他事情。

钟浅每周一都会按时给自己班里两个男同学二十块钱，当时的小学生有二十块钱相当于巨款，更何况每周都有。两个男同学块头大，虎头虎脑的，脾气也不太好，但是他们都怕钟浅，因为钟浅是班长，在班里很有威望。

“你们就盯住那个小胖子，要是他欺负‘狼眼睛’，你们就反击。”

于是她的护崽小分队就此成立了，两个男同学看在二十块钱的份上卖力地“兼职工作”，偶尔遇到不好处理的“危机”，就跑回来禀告班长，钟浅带着两人将小胖子堵在角落。

她像是长着恶魔触角的天使，对小胖子笑了笑：“你是不是不服？”

小胖子本来还犟着呢，看着比自己高半个头的男同学在摩拳擦掌，瞬间就尿了，委屈的泪水在眼眶中打转，好半天，“哇”的一声哭出来：“我再也不敢了！”

升到五年级的时候，钟浅作业变多了，再加上舞蹈课程也紧张，很多时候都不去小花园吃饭。后来时深也不去了，他开始无视别人的目光，在食堂吃。

只为了能遇到钟浅。

难得钟浅和时深能碰上，钟浅端着餐盘远远就冲时深挥手：“给我留个位置啊！”

时深发现很多人闻声看了过来，他的心暖暖的，她竟然在这么多人的场合下跟自己说话，一点都不在意他的眼睛。

他自卑，所以对于钟浅，一直都是小心翼翼。

两人吃饭的时候说起了期中考试，钟浅一听到他的分数，抽抽嘴角：“你真了不起，保持倒数第一也是要凭本事的。”说完咧嘴笑了笑，比软糖还甜，“傻瓜。”

她明明在骂他，可他却笑了。

钟浅说:“你可要好好学习，争取下次考第一，不是倒数哦。”

“好。”时深点点头。

两人吃完饭跑到小花园去玩，钟浅坐在凳子上认真地吃着软糖，时深一声不吭地坐在旁边。钟浅看他垂着脑袋也不知道在想什么，扭头说：“我给你表演个节目吧？”

时深抬起头，说：“好。”

钟浅把小瓶子里最后一颗软糖倒出来吃掉了，将空瓶子扔给他：“帮我扔一下。”

随后钟浅走到空旷的地方，站好，她调整着呼吸说着：“你知道前桥吗？”

时深摇头。

她说：“就是翻跟头，我刚学会，翻给你看。”

于是时深坐正身子，认真地观看。

钟浅翻前桥很稳，一连翻了三个，这可把时深看呆了，觉得自己在看杂技。钟浅很得意，高兴起来拦都拦不住。

“我还可以后翻呢。”然后她嚯嚯嚯地后翻。

时深都没注意到，钟浅因为翻得太快，一头栽花坛里去了。

“啊……”

钟浅四仰八叉躺在里头，把时深吓了一跳。他赶紧跑过去，钟浅突然一个跟头翻起，眉眼弯弯，露出雪白的牙齿：“嘿嘿，吓着了吧。”

时深愣了，看着她头上还顶着两片叶子，“扑哧”笑出来。

这下轮到钟浅傻了，他的酒窝那么深，眼睛又如此明亮，是一个漂亮的小男孩。

“你这里——”

钟浅突然指着时深的眼睛，他下意识地想要躲闪，却听钟浅说道：“是星星碎在里面呀。”

时深眨了下眼睛，不言不语，只想看着她。

“真好看。”她说。

她喜欢他这双眼睛，隐藏在深处的真诚和美丽。

她让他看到了这个世界的善意。

他觉得她懂自己。

五年级下学期的时候，每个人都发了新课本，钟浅和时深坐在小花园里包书皮。钟浅把自己的书包好了再给时深包，还拿出两个卡通章，递给时深：“给书盖。”

钟浅认真地在课本的扉页盖上卡通章，时深拿着章子没动，他觉得章子上的小狗图案有些幼稚。

“你盖啊。”

时深抿抿唇，说道：“盖这个干什么？”

“默认归属啊。”钟浅在语文课本上盖了两个，扭头天真地笑着，“默认归属的意思就是代表这是我的。”

他当然知道字面意思，只是不想给书本盖而已。

时深拔掉章子的小盖，盯着看了一会儿，突然在钟浅的脑门上一戳。

默认归属。

钟浅拉下脸，眯着眼睛看他："你是笨蛋吗？我让你盖书，叫你乱盖。"说完在他脸颊上一戳，小狗图案清晰地呈现，钟浅哈哈大笑。

她笑着，他也跟着笑了。

这学期的期中考试，时深是班里的第一名，他将成绩单拿回家时妈都惊呆了。她喊时爸一起去儿子房间看他写作业。

两人坐在床边，静悄悄的。

时深其实是个早慧的孩子，他放下笔，回头看着他们："有什么事情吗？"

时爸和时妈相视一笑，拍着大腿，有些尴尬："没事，就看看你写作业。"

忍了忍，时爸还是忍不住，他问："儿子，这次考试抄的谁呀？"

时深："……"

时妈"哎呀"一声，呵呵说道："我小时候也抄，试卷太难了嘛！"

"不难。"时深沉了眸子。

时爸不相信，他问："你语文老师叫什么？"

时深沉默了，半晌："语老师。"

时妈有些心碎，艰难地问："数学老师呢？"

时深："数老师。"

时爸干笑，点点头："体育老师就叫体老师了。"

他这沉默寡言的笨儿子，除了听话，没什么优点。学校里的任何事情他从来不跟家里说，问老师的时候，老师会说一些和同学相处不太好的事情，但是回家再问他，他就说好。他们也都明白其中缘由，除了心疼也更希望孩子能开朗点。

时妈有些不死心："儿子，你在学校有没有好朋友？"

时深的眸子转了转，他低着头，声音不大："小豌豆。"

时爸时妈都没听清楚，时妈问谁的时候，他又不说话了。

这像是他的小秘密，不愿跟别人分享，只想牢牢地放在心底，每到夜深人静的时候就是他开心的时刻。时深躺在床上，将那透明的小瓶子握在手中，这是钟浅吃完的糖果瓶。

他终于有了促进睡眠的神器。

钟浅的爸妈离婚了，在钟爸公司破产之后的一个月。裴灵心里也有怨气，觉得钟爸要是听从自己的意见就不会有今天的结果，二人为此争吵，一气之下离婚。

裴灵放话了，这辈子再管他的闲事就让自己老得快！

钟爸有些大男子主义，不愿示弱，表示就算穷到卖裤衩都不会回头。

裴灵离开那个家后，钟爸一直忙于公司善后，他没有发现原本活泼快乐的女儿突然沉默起来。在钟浅快要期末考试的时候，钟爸跟她说："下学期，咱们到别的地方去念书，那里的学校离家近，中午还能回家来吃饭。"

那个时候，钟爸已经无法再支付高昂的国际小学学费了。

钟浅不懂，但是不问。因为离婚之后的爸爸看起来比自己还要难受。她觉得离开国际小学是一件不太妙的事情，或许她的舞蹈都跳不成了。

中午在学校食堂，时深就坐在钟浅对面，给她挑豌豆的时候，她说了句：“不要。”

时深没有反应过来，继续挑着。钟浅发了脾气，很不耐烦道：“我说了不要吃！”

他被凶得缩了缩手，小声地回：“对不起。”

钟浅一看他受气包的可怜样，就更生气了。她拍拍桌子：“你能不能凶一点？别人这样说你，你就反抗啊，告诉他们你不喜欢！”

钟浅以为自己这样拍桌子还有点效果，谁知时深不但没反应还低了头。

没救了。

她气得饭也不吃，起身就走了。

时深放下筷子，沉了沉眸，因为是你，才不反抗。

钟浅的转学手续钟爸已经提前办好了，同学们知道她要走，都依依不舍地来道别。她坐在操场发呆的时候，时深站到了跟前。

他就站在那儿，也不说话。钟浅没有多余心思搭理他，耐着性子问：“干什么？”

“给你表演个节目。”

时深说得很拘谨，然后他就站定，伸手在地上翻了个跟头，立定的时候脚跟不稳，一屁股坐到了地上。此刻钟浅的心情无比复杂，到底是小孩子，太过情绪化，她觉得自己喜欢的舞蹈可能转学后再也学不了了。

压抑心头多日的怨气，此刻爆发。

她什么都不说，起身就跑。

时深立马跟上，不敢跑太快也不能跑太慢，亦步亦趋地跟在她的身后。钟浅很烦这个尾巴，转身就把他一推，声音有些哭腔：“走开，别跟着我！很烦！”

时深就是要跟着她，她掉了两滴泪，砸在了他的心上。

“你怎么这么讨厌？听不懂话吗？你这个笨蛋，怪不得大家都不喜欢你！”

钟浅的孩子气让时深有些受伤，好不容易建立起来的自信不堪一击，他后退了，但是不甘让他再次向前。

“我们不是朋友吗？”

因为是朋友，你难过才想安慰你。

“谁跟你是朋友，我是看你可怜才跟你说话。”钟浅说的是事实，只不过相处的过程中她已经把时深当朋友了。

她现在很纠结，跺跺脚，咬牙说：“不知道自己是丑八怪吗？有什么资格跟我一起玩？我讨厌你，很讨厌。”

她只想一个人安静。

时深听到那句丑八怪，便再也迈不动脚步。他心目中的好朋友跟其他人一样，都说自己是丑八怪。她明明说自己很可爱，眼睛是星星碎，才多久啊，就弃他如敝屣。

他那颗敏感脆弱的心，似乎也在流泪。

小豌豆觉得他一定开始看不起自己了，又无理又霸道还骂人，等她转学后，便眼不见心不烦，他就高兴了。她哭得很凶，上气不接下气，只想现在就躲开。

钟浅转身离去的时候，好像听到身后的人喊了她一声：“小豌豆。”

她抹着眼泪，头也不回地往教室跑。

这是两个小朋友经历的第一次争吵，没有道歉，没有和好，甚至互相不知道对方的名字。

而这次的转身，就是离别。

期末考试结束后，钟浅就被钟爸接回家了，她要去新学校见下老师。时深鼓起了巨大的勇气，在考试后去了钟浅所在的实验班。

他想找她吃午饭。

时深站在实验班门口，接受着所有人的审视和议论，他不敢问别人，最重要的是他到现在都不知道钟浅的名字。他只能透过窗户往里面看，用那双别人惧怕的眼睛仔细地找着。

有人开始赶时深走，时深紧紧握着拳头沉默着，后来还是钟浅成立的护崽小分队将他带在身边。本来钟浅走了，没人给钱这队也就得散，但两个小男孩有义气，看到时深受委屈的时候没钱也上。

时深找不到钟浅，她彻底从学校消失了，他时不时地在人群中想要去寻，回过头来都是失落。后来他觉得，还是自己的眼睛把她吓跑了，又或许，像她说的那样，看自己可怜才跟自己说话。

但是他始终憋着一口气，觉得小豌豆是个骗子。

说他星星碎的眼睛很美很美，最后骂他丑八怪，用她最柔软的善意带他去感受世界，却又离开他，证明这人间不值得。

就像回到了最初，钟浅为他挺身而出的时候，他觉得讨厌。

如果让他再见到她，一定揍她。

时深自此脾气变得很坏，在初一的时候就有人不幸领教。

所有人都是在时深背后议论他的眼睛，但有个男同学不但当面说，还时常去挑衅他。这个倒霉的男同学叫柯宇。

时深的书包放在桌上，柯宇招呼同学们过去翻，也不是故意要翻什么，就是好奇想看看这个一年都不讲一句话的人，他的东西都是什么样。

书包里头的所有东西都被倒出来了，书和文具没什么，倒是有一个透明小瓶子。柯宇拿在手上正看着，就听到一声呵斥："放下！"

柯宇吓得手一哆嗦，那个小瓶子就飞了出去。

清晰的破碎声响，就像时深那颗敏感易碎的心。

他看着地上的碎玻璃，眼中有些雾气。他抬头，旁人都觉得很瘆人。

那一天，时深犹如身困地狱，他彷徨、挣扎、呐喊，面上无表情，心里却早已溃不成军。唯一的念想，就这样碎成渣了，从今以后，他没有了夜晚好眠的陪伴，只能沉寂到黑暗世界之中。

放学的时候，时深平静地收拾好书包，离开学校，他走到两里外的小路上停下脚步。

耐心等待。

柯宇打完球走在回家的路上，刚转弯，就看到了拎着书包的时深。

时深看到他的时候，漫不经心地朝他走来，扔了手中的书包，缓缓拉下校服拉链。

柯宇看他那豁出去的阵仗，有些尿，磕磕巴巴地问道："你……你你想干什么？"

“给我道歉。”

他一步一步，带着满腔怒火，已快逼近柯宇身旁。

柯宇知道自己细胳膊细腿不是他的对手，平时顶多是在学校占着人多狐假虎威，现下看清时势，几乎是不假思索地脱口而出：“对不起！我道歉！”

时深握紧拳头，来之前就准备将人给暴揍一顿，可看到此人可怜兮兮的面庞时，心又软了，纠结许久，终是收回了愤怒的拳头。

“这是警告，再有下一次，我绝不客气。”

那天的晚霞红彤彤的，他抬头仰望身后，明天必定是灿烂的一天。

他就此决定，从今以后，再也不让别人欺负自己。

初中整整三年，时深都戴着棒球帽，遮去了别人的目光和自己的不安。他将全部的时间用在学习上，从班级第一到年级第一，在班里头，没有一个人敢和他说话。

曾经有女生在背地里议论时深，很不巧被他撞见，他二话不说走到女同学跟前，连桌子带椅子给扔到教室走道里去了。女生“哇”地就哭了，跑到老师那儿说时深打她。

老师就回到教室里问同学们，所有人都紧张兮兮地摇摇头，各种小道消息都在说时深手段恶劣，脾气暴躁，大家最好远离，才能明哲保身。

时深一直以为，他这辈子都要戴着帽子，独自坐在教室的角落。直到中考那年，他在考试的站点，于千万人之中，一眼认出了钟浅。

抛弃他的小豌豆。

她已亭亭玉立，长长的头发柔软地散在背后，头上扎着的粉色丝带飘荡在风中。时深没有想到自己风雨过后，还能迎来一片花海，他当即就低下头去。

钟浅和身边的同学在说话，同学问她高中在哪儿念。

她的声音如春风柳絮般柔软：“致远吧，我可以直升。”

时深已经慌乱了，当初那个扬言再见到她就揍一顿的自己，此刻卑微到尘埃里了。他压了压帽子，生怕被认出来。随后他又想，四年了，她都变了，肯定认不出自己了。

他偷偷地、小心翼翼地再看她一眼，那个笑容跟记忆里的小姑娘一模一样。

时深与钟浅擦肩而过，各自往考场走去。

钟浅在他从身旁走过的时候，回了一次头。同学问她：“怎么了？”

“没什么。”钟浅看着那人的身影，无奈地笑了笑，“想起了一个小朋友。”

中考过后，时深去医院给眼睛做了手术。

当时他的白瞳症状并没有到成熟期，给他检查眼睛的医生跟时爸时妈聊过之后，表示可以做手术。时爸一开始不同意时深想要做手术的想法，但是时深坚持要来医院，直到医生说可以，他才放下心来。

那个夏天，时深在黑暗中度过了七天，重见光明的那一刻，他站在镜子面前，一点一点解下纱布。他看着镜子中的少年，容颜冷峻，尤其是那双黑目，竟是那般灵动。

他要用最好看的眼睛去见她。

时深盯着自己看了许久许久，蓦地一笑：“这个样子，她是不是认不出来了？”

确实，她真的认不出来了。

她看着自己与看陌生人毫无分别，甚至还不太喜欢自己。原本他很失落，可当知道她的小名的时候，沉寂下去的心又热烈地跳动起来。

她叫小豌豆，那是他起的名字啊。

时深重燃了信心，她一定多少还记得自己的，记得小花园。

就算忘了，我也能让你重新想起来。

番外二

许你光芒万丈

小豌豆：要是有人来抢你的小心肝怎么办？

星星碎：有人来犯，决一死战。

小豌豆：我可能要离开这里。

星星碎：带上我私奔吧。

小豌豆在产后一个月就开始慢慢恢复锻炼，后来还跟着时深去健身房。对于此举所有长辈都持反对牌，尤其是钟爸，他心疼女儿是不是遭到婆家不公平对待了。

时爸时妈轮番劝说，希望小豌豆能在家好好休养，不要急于复工。

所有的压力最终都落到时深身上。

小豌豆想要回到岗位，是因为要去参加比赛，那是三年一届的国内顶级舞蹈赛事，她曾参加过两次，均未有所突破。

这场赛事相当于舞蹈界的奥斯卡，是所有专业舞者梦寐以求的舞台。

时深顶着长辈们的施压护着小豌豆，帮她找教练，制定恢复计划。他比任何一个人都要担心，但他也最清楚，小豌豆年复一年日复一日的努力，是有多渴望实现那个梦想。

孩子的到来是意外，时深并不想让这个意外束缚住小豌豆，他要全力支持。

小豌豆在健身房中频繁遇到来搭讪的人，男女都有，男士个个体格健壮，肌肉发达，杵着胳膊让她摸那腱子肉。

时深对于娇妻总被人搭讪，很是不爽，体内荷尔蒙蠢蠢欲动。他脱了外套穿着深色 T 恤，肌肉线条清晰，跟那些狂练腱子肉的不一样，他是刚刚好的帅气。

“你喜欢哪种？”时深这样问小豌豆。

小豌豆以前没来过他的健身房，这里是消费高，颜值高，她曾见过一个超美的女孩跟时深说话，还用手碰了他的胸肌。

“他那种的。”小豌豆故意说别人。

时深微微眯眼，抓起她的手放在心口处：“你天天都摸还不喜欢？”

狗粮撒得好，生活没烦恼。

北齐嘉和赵木子也劝过小豌豆不要这么拼，一手儿子一手老公，女主人的位置，妥了。

时深替她回答：“我家姑娘是要做大事的人。”

作为成功女人背后的男人，一定是无时无刻不守候在身边的。

赵木子看两人浓情蜜意的，关注点比较独特，她左瞧右瞧忍不住说道：“我怎么觉得豆子生了孩子之后皮肤又白又嫩，而且这个胸……”

她低头看看自己的。

北齐嘉凑过来，眨眨眼：“要不我们也生一个？”

北齐嘉和赵木子还处于热恋期，暂不考虑结婚，还说就算结婚以后也不要孩子，要过自己的生活。这可愁坏了赵家父母，长姐不结婚，小儿子赵长弓压根不谈恋爱，于是他们天天在朋友圈转发一些“古人为什么说不孝有三无后为大”“不要指望孩子养老努力靠自己”诸如此类的文字。

赵长弓跟姐姐私下说想谈恋爱，还跟着北齐嘉一起去蹭健身房，说跟着大哥哥大姐姐们在一块健身有动力，为今后找对象做准备。但是小豌豆回到团里训练之后，他又不去了。

谁也搞不懂他在想什么。

时深冷冷哼了声：“我看他不是想谈恋爱，想被弹脑袋。”

话出有因，时深曾去文艺团看小豌豆的时候，赵长弓就坐在那儿，乖乖巧巧地给人递水，团里的演员们都特别喜欢他。

小豌豆实打实把他当作弟弟来看，给过红包还送过衣服。

那天中午，时深给所有参赛训练演员都定了下午茶，晚上还请大家吃饭。时深成熟稳重，为人谦卑，大家对他的喜欢跟赵长弓的喜欢，可是不一样的。

赵长弓受了不小刺激，时深还幽幽地问道：“工作找了没？要不到哥哥这儿来？”

谁不知道他的心思？赵长弓可清楚得很！

赵长弓到底年少，气呼呼地说：“我不去！我以后一定会超越你的！”

“那我等你。”

“再见！”

此后便再也不见赵长弓缠着小豌豆。

小豌豆那段时间经常和指导老师训练到很晚才回家，他们准备多年的作品只为这三年一届的赛事，可想而知赛事多么重要。生理性的不适再加上精神压力，导致小豌豆晚上很难睡得舒坦，某天半夜醒来，她发现时深不在身侧，书房的门半敞，灯打得亮堂。

她难以忘怀当时的场景。

时深伏在书桌旁，上面摆着零散的材料，粉色的荷花瓣、闪亮的珍珠，还有柔软的流苏。那都是要做荷花灯的，小豌豆比赛要用的道具。

小豌豆积攒心头的疲惫，此刻骤然消散。

甚至还有些泪目。

哪有男人这样做手工的啊，少年时深曾为小豌豆考舞院时做了根头绳，让她感动至今，现在是已为人父的时深，依旧在为心爱的女孩做花灯。

他要她站在舞台中央，闪着耀眼的光芒。

时深对她的支持，不是说说而已。

小豌豆哭了，眼泪不停地往下掉。她跑过去将时深紧紧抱住，哭得像个孩子。时深正在粘贴花瓣，被她冲上来的惯性给弄歪了。

“怎么了？”时深放下手中的东西，起身拥住她。

小豌豆哭到哽咽，发自肺腑地说道：“谢谢你时深，有你我的人生便圆满了。”

这怎么能是圆满，他只是她人生旅途中的缘分之一，如果能陪着她经历所有的酸甜苦辣，直至老去、死去，才能叫圆满。

小豌豆就带着那盏荷花灯，从初赛一路走到决赛，最后一舞，她挑着灯上场。时深作为陪同人员站在舞台下方，紧握的掌心里全是汗。

如果不是赛制规定不允许录影录像，时深真想好好记录下来。

他最喜欢的姑娘，去追逐梦想与荣耀的瞬间。

小豌豆参赛的舞种是古典舞，凭借着专业技能和优秀的编舞，她成功拿下了青年组的一等奖。在和指导老师共同领奖的时候，鲜花和掌声不断，她寻着台下的人。

终是看到了闪着泪花的时深。

那一刻，小豌豆明白了为什么以前他不愿自己做跟舞蹈无关的事情，世上多能者，谁不是百倍勤奋，日夜努力。

他想让她远离烦琐事物的束缚，去看更广阔的天地。

如果说之前因演舞蹈戏而小有名气，但在现在这个舞台上，才算是真正一战成名。

母校向小豌豆发了任教的邀请，知名舞团争相抢人，她的获奖作品被舞院作为教材成为必修课，就连赵木子的台长都要开一档关于舞蹈的节目。

赵木子听说要请小豌豆给明星做舞蹈评委的时候，整个人激动坏了。

“豆子你接啊！这样我就能见王一博了！哈哈哈……”

大家对她投以“你可以走了”的眼神，以示梦还是不能白天做。

小豌豆的团长又去找时深，说千万要把人先留住，小豌豆要作为骨干人员输送到上级大剧院。时深还是那句话，一切都看小豌豆的选择。

团长只能使出撒手锏：“要是有人把你心肝抢走，我可管不了了。”

时深整整衣领，当然做好了万全准备：“敌人来犯，决一死战。”

……

小豌豆将孩子哄睡之后还在客厅的毯子上做了拉伸，落地窗外霓虹闪烁，映着她美丽的身姿，那真是近在咫尺的温柔。

“好看。”

时深满眼都是她，唇边的酒窝格外醉人。

两人并肩在窗边坐下，一轮明月挂在空中。小豌豆捏捏时深的指尖，问他：“你怎么不问问接下来我要做什么？”

“不用问。”时深举起两人紧扣的手掌，“反正我都在你身边。”

小豌豆逗他：“你说我要是离开家，你跟时候可怎么办呢？”

时深认真地思考，抿抿唇，看向小豌豆的眼睛：“要不把他丢下，带上我私奔吧？”

这是欺负时候小朋友不会说话呢，要不然儿子内心独白：我一定是从莲花灯里蹦出来的。

这个爸爸有些调皮。

小豌豆依旧温柔地笑：“要真是私奔了，你怕不怕？”

“不怕。”

时深敛去玩闹的神色，他轻声细语：“从我用那双变好的眼睛去看你的时候，什么都不怕。唯一怕的，就是得不到你的喜欢。”

“你什么样的眼睛都是好看的，因为你看的是我呀。”

时深笑了，眉眼落了月色。

“我明白了，小豌豆同学，你一定早就喜欢我了。”

“所以啊，星星碎，有你在的地方，我是不会走的。”

时深点头："好。"

"好什么？"

"好在我喜欢你的时候，你也喜欢我。"

你光芒万丈，我也无须仰望。

人间很暖，你是永远的思念、眷顾和爱恋。